C. B. Lessmann * Herzensflüge, Stolperschritte

Für Lena, WG-Ehrenmitglied

C. B. Lessmann

sisters

Herzensflüge, Stolperschritte

Band 8

Loewe

Bibliografische Information Der Deutschen Bibliothek
Die Deutsche Bibliothek verzeichnet diese Publikation in der Deutschen Nationalbibliografie; detaillierte bibliografische Daten sind im Internet über *http://dnb.ddb.de* abrufbar.

Der Umwelt zuliebe ist dieses Buch auf chlorfrei gebleichtem Papier gedruckt.

ISBN 3-7855-5190-8 – 1. Auflage 2004

Umschlagillustration: Eva Schöffmann-Davidov
Umschlaggestaltung: Andreas Henze
Herstellung: Heike Piotrowsky
Gesamtherstellung: GGP Media, Pößneck
Printed in Germany

www.loewe-verlag.de

1. Kapitel

Es gab keinen trostloseren Monat als den November. Jasmin zog die Wohnzimmervorhänge zur Seite und blickte nach draußen auf die Straße. Der Herbst war eine schöne Jahreszeit. Bunte Blätter bedeckten die Bäume und den Boden, die Schaufenster in der Altstadt wurden neu dekoriert, und die Sonne war nicht mehr so brennend heiß, sondern nur noch angenehm warm. Gegen den Winter hatte Jasmin auch nichts einzuwenden. Sie mochte den Schnee und die roten Nasen und Wangen, wenn man von draußen hereinkam. Aber vor allem liebte sie Weihnachten. Der November hingegen war noch kein Winter und auch kein Herbst mehr. Der November war nur grau. Genau das richtige Wetter, um sich im Bett zu verkriechen.

Als Jasmin vorhin mit Amigo Gassi gegangen war, hatten sich seine Pfoten und ihre Schuhe mit Schlamm voll gezogen. Danach hatte sie erst mal den Flur wischen müssen. Und jetzt wartete Amigo mit böser Vorahnung in der Badewanne auf sie.

Wenn Jasmin Amigo badete, dachte sie immer an den Tag, als der kleine Hund in die WG gekommen war. Ihr Betreuer Felipe hatte ihn auf den Armen getragen. Das kleine Fellknäuel war durch die vielen Menschen so eingeschüchtert gewesen, dass es gleich auf den Teppich gepinkelt hatte. Inzwischen war über ein Jahr vergangen, und Amigo war älter, fauler und fetter geworden. Und Felipe war nicht mehr der Betreuer der WG, sondern aus Düsseldorf und ihrem Leben verschwunden.

Jasmin ging in die Küche und holte einen Schwamm von der Spüle. Dabei fiel ihr Blick auf einen Zettel, der am Kühlschrank klebte: *Laura, deine Gesangslehrerin hat angerufen!*

Gedankenverloren trottete Jasmin ins Badezimmer, in dem Amigo immer noch brav in der Wanne hockte. Bei dem verzweifelten Ausdruck in seinen Augen musste Jasmin lachen.

„Es ist nur ein Bad", beruhigte sie ihn.

Eigentlich wäre Laura an der Reihe gewesen, sich um Amigo zu kümmern, aber Jasmins Mitbewohnerin ließ sich in letzter Zeit kaum noch in der WG blicken. Meistens verbrachte sie die Wochenenden bei einem ihrer Bandmitglieder, und unter der Woche kam sie nur nach Hause, um zu schlafen.

Jasmin drehte die Dusche auf und wartete, bis das Wasser warm war, dann ließ sie den Strahl über Amigos Fell laufen. Sofort heulte er auf, als hätte sie ihn verbrannt.

„Jetzt stell dich nicht so an!", maulte Jasmin. „Das kann doch nicht so schlimm sein."

Aber als sie das Fell schamponierte, wurde das Jaulen nur noch lauter. Jasmin konnte es ihm nicht übel nehmen. Auch sie hatte oft genug geheult, seit Felipe nach Berlin gezogen war!

Sie stellte die Dusche wieder an und spülte Schaum und Schlamm aus Amigos Fell. Dann rubbelte sie ihn mit einem Handtuch trocken und zog schließlich den Duschvorhang zu.

„Okay, los!", rief sie.

Auf der anderen Seite des Vorhangs fing Amigo an, sich

zu schütteln, als hätte er den gesamten Rhein in seinem Fell. Die Tropfen spritzten gegen den Duschvorhang. Dann hüpfte Amigo aus der Wanne, trottete ins Wohnzimmer und legte sich vor die Heizung. Immer noch hafteten seine Augen tieftraurig auf Jasmin, die ihm gefolgt war, um das Handtuch unter ihm auszubreiten.

„Du kommst drüber weg", versprach sie Amigo, der gottergeben seufzte und die Augen schloss, um nach der Aufregung ein Nickerchen zu machen.

Jasmin setzte sich aufs Sofa und starrte das Telefon an. Zu gern hätte sie jetzt Felipes Stimme gehört. Aber es war Montag und erst drei Uhr, also war er sicher noch bei der Arbeit. Trotzdem könnte Jasmin einfach anrufen und das Telefon in seiner neuen Wohnung in Berlin klingeln lassen. Sie hob ab und wählte die Nummer. Es klingelte zweimal, dann schaltete sich der Anrufbeantworter ein.

„Hallo", sagte Felipes Stimme. „Wenn Sie Felipe Lacleaux oder Sophie Saaberg sprechen wollen, haben Sie zwar die richtige Nummer, aber leider den falschen Zeitpunkt gewählt." Dann hörte Jasmin Felipes und Sophies Stimme gleichzeitig: „Hinterlassen Sie eine Nachricht, und wir rufen zurück. Danke."

Jasmin legte auf. Natürlich war Felipe gemeinsam mit Sophie nach Berlin gezogen. Natürlich lebten sie dort zusammen. Das alles wusste Jasmin. Trotzdem machte es ihr irgendwie etwas aus, dass auf dem Anrufbeantworter ihre beiden Stimmen zu hören waren. Jedem, der Felipe anrief, wurde dadurch verraten, dass er und Sophie gemeinsam dort wohnten. Das war in Jasmins Augen fast so offiziell, als hätten die beiden geheiratet.

Ehe Jasmin noch weiter über Felipe nachdenken konnte,

hatte sich ein Schlüssel in der Wohnungstür gedreht, und Lillis Stöckelschuhe klapperten jetzt den Flur entlang aufs Wohnzimmer zu. Schließlich tauchte ihr Kopf mit der altmodischen Hochsteckfrisur in der Tür auf.

„Hallo Jasmin!", sagte Lilli überrascht. „Ich hätte nicht gedacht, dass du hier bist. Zumindest nicht allein. Ist Georg krank?"

Jasmin verdrehte die Augen, musste aber grinsen. Es stimmte schon: In letzter Zeit war Jasmin ziemlich oft bei Georg. Oder Georg bei ihr. Magdalene und Laura hatten sich erstaunlich schnell daran gewöhnt, dass Jasmin jetzt einen festen Freund hatte. Bei Lilli hatte es etwas länger gedauert, bis der Groschen gefallen war. Danach hatte sie darauf bestanden, mit Jasmin ein Gespräch von Frau zu Frau zu führen. Jasmin hatte den unangenehmen Eindruck gehabt, dass Lilli sie aufklären wollte. Laura und Magdalene waren wohl der gleichen Meinung gewesen und hatten sich geweigert, die WG zu verlassen. Lilli, die über Sex redete, wollten sie sich einfach nicht entgehen lassen.

Nachdem Lilli eine ganze Weile verzweifelt von den Paarungsgewohnheiten großer Säugetiere erzählt hatte, meinte Laura schließlich in ihrer typischen Art:

„Lilli, komm bitte mal zum Punkt. Wir wollten heute noch Kondome kaufen gehen."

Ihre Betreuerin war hochrot angelaufen, hatte sich an irgendetwas verschluckt und endlich mit sichtbarer Erleichterung das Weite gesucht.

Jasmin hoffte inständig, dass sie jetzt nicht wieder von Verhütung oder Ähnlichem anfangen würde.

„Wie geht's dir?", erkundigte sich Lilli und setzte sich neben Jasmin aufs Sofa.

„Gut."

„Irgendwas von Felipe gehört?"

Jasmin rutschte unruhig herum. „Nein. Du?"

„Nicht seit dem letzten Anruf", sagte Lilli.

„Willst du was trinken?", fragte Jasmin schnell. Sie wollte dringend das Thema wechseln.

„Tee, bitte. Es ist eiskalt draußen. Würde mich kein bisschen wundern, wenn es bald schneien würde. Es riecht schon nach Schnee."

„Es riecht nach nassem Hund", sagte Jasmin auf dem Weg in die Küche. „Amigo hat ein Bad genommen."

Jasmin machte Wasser heiß und hängte Teebeutel in zwei Tassen. Das war fast so etwas wie ein Ritual gewesen, als Felipe noch hier war. Bei jedem ernsten Gespräch und bei jedem kleinen Kummer hatte Jasmin ihnen beiden Tee gemacht. Sie hatten sich ins Wohnzimmer gesetzt und gequatscht. Felipe war nicht ganz so erwachsen gewesen wie sonst und Jasmin noch erwachsener, und so hatten sie sich in der Mitte getroffen.

In Jasmins Brust krampfte sich etwas schmerzhaft zusammen. Felipe fehlte ihr so sehr! Sie hatte fast das Gefühl, als hätte jemand den Mittelpunkt ihres Lebens gestohlen.

Als sie mit den Tassen zurück ins Wohnzimmer kam, zwang sie sich, fröhlich auszusehen, und setzte sogar ein Lächeln auf. Allerdings nicht mit großem Erfolg.

„Hast du Schmerzen?", erkundigte sich Lilli besorgt. „Dein Gesicht ist ganz verzerrt."

Jasmin ließ das Lächeln fallen und warf sich wieder aufs Sofa.

„Nein, mir geht's gut", log sie. „Ich bin nur ein bisschen einsam."

„Magdalene ist arbeiten?“

„Ja. Wieso? Wolltest du was von ihr?“

Lilli rührte in ihrem Tee, ehe sie antwortete. „Eigentlich will ich zu Laura. Es gibt Probleme.“

„Hab ich mir schon gedacht.“ Jasmin seufzte.

„Weißt du, wo sie ist?“

„Nein, aber vermutlich genau da, wo der Rest der Band auch ist.“

Lilli nickte. „Ich hab einen Anruf von ihrer Schule bekommen. Sie war seit drei Tagen nicht mehr dort. Unentschuldigt natürlich. Für die zwei Tage letzte Woche hatte sie eine Entschuldigung – von Felipe!“

Jasmin unterdrückte ein Grinsen. Sie wusste, dass Laura Felipes Unterschrift genauso gut machen konnte wie er selbst. Es musste für Laura ein wirklich schwerer Schock gewesen sein, dass ausgerechnet Felipe aus Düsseldorf weggezogen war. Lillis Unterschrift konnte sie nämlich nicht nachmachen.

„Hast du sie in der Schule auffliegen lassen?“, fragte Jasmin.

„Natürlich nicht. Aber so geht das nicht weiter. Ich freue mich ja, dass sie mit ihrer Band so erfolgreich ist und all diese Auftritte und so hat. Aber ihr macht nächstes Jahr Abitur. Das kann Laura nicht so auf die leichte Schulter nehmen. Sie ist nicht mehr schulpflichtig. Wenn sie nicht hingeht, dann kann sie rausgeschmissen werden. Aus der Schule und aus der WG.“

„Jetzt übertreibst du aber“, brauste Jasmin auf. „Nur weil Laura mal drei Tage gefehlt hat, heißt das nicht, dass sie gleich die Schule schmeißen wird. Sie hat nur endlich etwas gefunden, was ihr Spaß macht. Wenn du ihr das Singen verbietest, wird sie irgendwelchen Mist bauen, das garantiere ich dir!“

Mit düsterem Blick schlürfte Lilli ihren Tee.

„Ich fürchte, dass Laura schon mittendrin ist in irgendwelchem Mist“, sagte sie. „Und dass ich ihr das Singen verbieten könnte, bezweifle ich sowieso. Sie ist siebzehn, und ein Sturkopf war sie schon immer.“

Jasmin wusste selbst nicht, warum sie Lilli so angefahren hatte. Wenn sie ehrlich war, musste sie zugeben, dass sie sich auch schon seit einer ganzen Weile Sorgen um Laura machte. Wenn sie letzte Woche zwei Tage gefehlt hatte und heute den ganzen Tag fehlte, dann war sie mit der Band vielleicht irgendwohin gefahren. Wer sollte sie davon abhalten?

Mindestens zwei der Typen aus ihrer Band waren volljährig und hatten eine eigene Wohnung. Was, wenn sie einen Auftritt in einer anderen Stadt hatten? Oder in einem anderen Land? Was, wenn Laura dann gar nicht mehr zurückkam? Jasmin musste fast über sich selbst lachen. Lilli machte sie Vorwürfe, und sie selbst malte sich die blödesten Horrorszenarien aus.

Plötzlich fiel ihr etwas anderes ein.

„Hast du eigentlich schon mal daran gedacht, dass Laura wirklich Erfolg haben könnte?“

Lilli blinzelte sie überrascht an. „Hat sie doch. Sie ist siebzehn und verdient Geld mit ihren Auftritten.“

„Nein, ich meine richtigen Erfolg. Mit CDs und Videoclips auf MTV und Interviews und so.“

Lilli brauchte gar nicht zu antworten: Es stand ihr mehr als deutlich ins Gesicht geschrieben, dass sie noch nie daran gedacht hatte.

„Gibt's eigentlich schon was Neues vom Jugendamt?", fragte Jasmin stattdessen schnell.

Lilli schien erleichtert, das Thema wechseln zu können. „Noch gar nichts. Die prüfen und prüfen und prüfen. Ich weiß auch gar nicht, was ich denen sagen soll. Einerseits will ich nicht, dass sie einen neuen zweiten Betreuer herschicken. Aber andererseits hab ich wirklich genug Arbeit. Ein bisschen Hilfe wäre da schon ganz nett."

Jasmin wusste, dass es nicht viele betreute WGs in Deutschland gab. Selbst für Düsseldorf war ihre WG eine Ausnahmeerscheinung. Es gab nur noch ein paar andere WGs. Aber sie hatte keine Ahnung, wie die aussahen oder aufgebaut waren.

Vor über einem Jahr waren drei Mädchen aus Heimen in diese WG gekommen: Jasmin, Laura und Nicole. In der Wohnung gegenüber lebten ihre beiden Betreuer Felipe und Lilli. Lilli war meistens tagsüber hier, Felipe hatte fast immer die Nachtschicht, wie er es genannt hatte. Nicole war ziemlich bald aus der WG geflogen, und an ihrer Stelle hatte man den Mädchen Magdalene geschickt. Seitdem Felipe mit seiner Freundin vor ein paar Wochen nach Berlin gezogen war, war Lilli die einzige Betreuerin der WG.

„Gerade jetzt fehlt mir Felipe ganz furchtbar", gestand Lilli schließlich. „Er wüsste viel besser, wie man mit Laura reden sollte. Mit diesem ganzen Musikkram kenne ich mich doch überhaupt nicht aus."

Jasmin war gerührt, dass es jemanden gab, der Felipe genauso sehr vermisste wie sie selbst. Sie wollte gerne irgendetwas sagen, um Lilli aufzumuntern, aber ihr fiel nichts ein.

„Du machst das doch ganz toll bisher", sagte sie schließlich und erhielt dafür ein dankbares Lächeln von Lilli.

„Ja, meinst du? Ich wünschte nur, Laura würde endlich nach Hause kommen.“

Stillschweigend gab Jasmin ihr Recht. Das größte Problem dabei, mit Laura ein ernstes Gespräch zu führen, würde vermutlich sein, sie erst mal aufzutreiben. Wo zum Teufel steckte sie bloß?

2. Kapitel

„Ich glaube, der ist zu klein“, sagte das Mädchen und machte dabei wieder dieses komische Geräusch. Magdalene hatte keine Ahnung, was das Geräusch bedeuten sollte, aber es trieb sie in den Wahnsinn. Warum machte das Mädchen bloß immer wieder dieses Geräusch? Magdalene konnte sich nicht entscheiden, ob es ein Schmatzen oder ein Schnalzen mit der Zunge war, aber sie hätte der Kleinen jedes Mal eine Ohrfeige verpassen können. Seit zwanzig Minuten war Magdalene jetzt damit beschäftigt, diesem Mädchen einen Bilderrahmen zu verkaufen.

„Wenn du mir sagen würdest, welches Format das Foto hat, dann könnte ich dir auch den richtigen Rahmen raussuchen“, sagte Magdalene und versuchte, dabei nicht genervt zu klingen.

„Das Foto ist ungefähr so ...“ Das Mädchen zeigte ihr mit den Händen, welche Größe sie meinte. „Und in der Breite so ...“

„Da drüben an der Wand hängen die Normgrößen“, sagte Magdalene. „Welche davon ist es denn?“

Das Mädchen zuckte mit den Schultern. „Entweder das erste oder das zweite.“

„Dann nimmst du am besten einen von den größeren Rahmen. Wenn das Foto kleiner ist, dann bleibt nachher einfach etwas mehr Rand übrig. Das sieht auch hübsch aus“, erklärte Magdalene und hielt verzweifelt Ausschau nach einem neuen Kunden. Doch es war keiner in Sicht.

Wie froh Magdalene gewesen war, als Herr Wolf ihr diesen Nebenjob angeboten hatte! Sie verdiente zwar nicht gerade viel Geld, aber dafür wollte ihr der Fotograf beibringen, was er vom Fotografieren wusste.

Magdalene hatte sich ein schwarzes Kostüm und einen beigen Hosenanzug für ihren neuen Job gekauft und war dann voller Erwartung zu ihrem ersten Arbeitstag gekommen. Die langen roten Locken hatte sie zu einem züchtigen Knoten gebunden, der Magdalene stark an Lilli erinnerte. Sie hatte ausgesehen, als wollte sie als Zeugin vor Gericht erscheinen.

Dann hatte sie erst mal den Laden ausfegen dürfen. Seitdem hatte sich eigentlich kaum etwas verändert. Sie konnte jetzt mit der Registrierkasse umgehen und hatte es anfangs auch irgendwie aufregend gefunden, von den Leuten Geld zu bekommen und Wechselgeld rauszugeben. Genau eine Stunde lang hatte sie das aufregend gefunden.

Inzwischen ging es ihr höllisch auf die Nerven. Und fotografiert hatte sie seit Wochen nichts mehr! Zumindest nicht richtig. Ganz stolz hatte Magdalene ihrem Boss die Kamera gezeigt, die sie sich gekauft hatte: eine Olympus-Spiegelreflex mit allem Drum und Dran. Herr Wolf hatte gemeint, sie hätte lieber mit einer einfacheren anfangen sollen. Er meinte, das wäre so, als würde sich ein Fahranfänger einen Porsche zulegen. Er hatte keine Ahnung, wie sehr er Magdalene damit gekränkt hatte. Aber offenbar hatte ihr Gesicht Bände gesprochen, und zum Trost hatte er ihre Aufgaben im Laden erweitert.

Herr Wolf hatte gerade ein Angebot laufen, bei dem man vier EU-taugliche Passfotos für sechs Euro fünfzig bekam. Und dabei durfte Magdalene auf den Auslöser drücken. Jeder Schimpanse hätte das genauso gut machen können, denn der Apparat war auf einem Stativ befestigt und schon richtig ausgerichtet. Magdalene musste nur *Bitte lächeln!* und *Jetzt nicht blinzeln!* sagen. Es war stinklangweilig.

Die meisten Kunden warfen kaum einen Blick auf die fertigen Fotos. Aber wenigstens hatte es entfernt etwas mit Fotografieren zu tun. Und manchmal malte Magdalene sich aus, dass einer von diesen Leuten das Foto für seinen Pass verwenden und damit nach Asien oder Australien fliegen würde. Und unzählige Menschen auf der ganzen Welt würden dabei auf das Foto schauen, das sie gemacht hatte. Also war die Sache doch noch irgendwie erträglich. Wenn auch nur mit sehr viel Fantasie.

Aber dieser eingebildeten Zicke einen Bilderrahmen nach dem anderen zeigen zu müssen, das ging wirklich zu weit.

„Ich glaube, den hier finde ich ganz okay", sagte das Mädchen endlich.

„Na super!", rief Magdalene begeistert. „Gute Wahl. Der ist wirklich sehr schön. Soll ich ihn als Geschenk einpacken?"

„Wie soll ich denn dann das Foto reintun?"

Magdalene nahm ihr den Rahmen aus der Hand, ging zur Kasse und fuhr mit dem Laserstick über den Strichcode.

„Das sind dann 16 Euro, bitte."

„Wie viel?“

„16 Euro.“

Das Mädchen starrte sie entgeistert an. „Wie kann denn ein einfacher Bilderrahmen 16 Euro kosten?“

Magdalene unterdrückte, was sie wirklich sagen wollte, und meinte freundlich: „Er ist aus Sterlingsilber.“

„Ich brauche keinen aus Sterlingsilber. Ich will einen normalen Rahmen.“

„Aber du wolltest doch einen aus Silber.“

„Ja, aber der muss doch nicht wirklich aus Silber sein. Nur silbern aussehen.“ Sie schaute sich suchend um. „Oder habt ihr auch welche mit Pelz drum rum? Die sind auch süß.“

„Nein, haben wir nicht“, zischte Magdalene.

„Na, dann eben nicht.“ Das Mädchen drehte sich einfach um und verließ den Laden.

Magdalene hätte ihr den Rahmen am liebsten hinterhergeschleudert. Stattdessen stellte sie ihn wieder zurück ins Regal und stornierte dann die Rechnung.

„Alles klar hier draußen?“

Herr Wolf kam durch den Vorhang, der in den hinteren Bereich des Ladens führte. Hier machte er die Familienporträts und alle anderen Fotobestellungen. Eine kleine Tür führte von dort in die Dunkelkammer, in der Magdalene bisher nichts zu suchen hatte.

„Ja, alles in Ordnung.“

Herr Wolf war Ende fünfzig, ziemlich dick und hatte kaum noch Haare. Er trug jeden Tag einen dunklen Anzug, ein weißes Hemd und eine dunkle Krawatte. Wenn er rausging, zog er einen dunklen Mantel an und setzte einen schwarzen Hut auf. Zusammen mit der Brille mit den dicken schwarzen Gläsern sah er einem Leichenbestatter zum Verwechseln ähnlich.

Anfangs hatte Magdalene gehofft, dass sein Sohn Reinhard vielleicht immer noch hier arbeiten würde. Er hatte mal Fotos von Magdalene gemacht, und sie hatten sich ziemlich gut verstanden. Leider war Reinhard inzwischen freier Fotograf, wie sein Vater erzählt hatte, und praktisch ständig unterwegs. Kaum zu glauben, dass jemand wie Herr Wolf einen so gut aussehenden Sohn haben konnte. Andererseits war Magdalenes Mutter auch nicht gerade eine Schönheit – Magdalene jedoch sehr wohl.

Wenn sie früher erzählt hatte, dass sie gerne Model werden würde, hatte nie jemand darüber gelacht. Na ja, abgesehen von Laura. Magdalene fragte sich, wann genau dieser Wunsch eigentlich in ihr verblasst war. Inzwischen fand sie es ziemlich bescheuert, beruflich Verrenkungen vor einer Kamera zu machen und dabei Klamotten zu tragen, die man selbst noch nicht mal mochte.

„Ich gehe jetzt in die Mittagspause", verkündete Herr Wolf. „Du hältst hier die Stellung, Magdalene?"

„Sicher."

Es war fünf Uhr nachmittags. Magdalene war um drei in den Laden gekommen und hatte Herrn Wolf dabei ertappt, wie er im hinteren Raum ein gewaltiges Sandwich verschlang. Um vier war er dann rausgegangen, um sich einen kleinen Snack zu holen, und war mit einer Riesentüte von McDonald's zurückgekommen. Und jetzt ging er Mittag essen. Wann war sein Abendbrot dran? Kurz nach Mitternacht?

Als die Ladentür zufiel, merkte Magdalene, dass sie selbst hungrig war. Sie war wie immer gemeinsam mit Jasmin um sieben Uhr aufgestanden, um halb acht zur Schule gegangen, hatte bis halb drei Unterricht gehabt und war dann zur Arbeit gegangen. Außer einem Toast mit Butter vor zehn Stunden hatte sie also noch keinen Bissen gegessen.

Wenn heute wenigstens viele Kunden hier wären, um sie davon abzulenken, dass sie hungrig und müde war ... Aber das Wetter draußen war so grauenhaft, dass kaum jemand in der Altstadt unterwegs war, es sei denn, es ließ sich absolut nicht vermeiden.

In dem Moment klingelte das Glöckchen über der Ladentür, und Magdalene blickte freundlich auf, um ihren vierten Kunden an diesem Tag zu begrüßen.

„Nick!“, rief sie überrascht. „Was machst du denn hier?“

Mit einem breiten Grinsen im Gesicht kam Nick auf den Verkaufstresen zu und stützte dann die Ellenbogen auf. Forschend betrachtete er Magdalenes Gesicht.

„Was ist?“, fragte sie gereizt. „Hab ich einen Pickel?“

„Ich merke ja noch gar keine Veränderung“, erklärte Nick scheinbar überrascht.

„Wieso auch?“

„Na, schließlich gehörst du jetzt der arbeitenden Bevölkerung an. Das muss man doch irgendwie sehen. Und? Wie fühlst du dich? Müde, antriebslos, ausgebeutet?“

Magdalene lachte. Nick studierte seit einem Jahr Informatik und redete manchmal, als wäre er selbst ein Computer. Seine Schwester Lee ging mit Magdalene und Jasmin in die gleiche Klasse und schien der festen Überzeugung zu sein, dass Magdalene bald ihre Schwägerin werden würde. Magdalene hatte ihr mehr als einmal versichert, dass sie mit Nick nur befreundet war. Aber Lee ließ sich dadurch nicht beirren.

„Du bist ein Spinner", sagte Magdalene schließlich. „Ich hab mich kein bisschen verändert. Außer, dass ich jetzt Geld verdiene."

„Und keine Zeit hast, es auszugeben, oder?"

„Hm." Ganz Unrecht hatte Nick damit sicher nicht, aber Magdalene hätte sich eher die Zunge abgebissen, als zuzugeben, dass sie in den letzten Wochen praktisch ständig müde und lustlos war. Der Tag schien plötzlich nur noch zwölf Stunden zu haben, und selbst die vergingen wie im Flug.

„Tröste dich, holde Maid", sagte Nick. „Dein treuer Ritter ist hier, um dich zu retten."

Er nahm seinen Rucksack ab und kramte darin herum, bis er eine Papiertüte herausfischte und sie Magdalene reichte.

„Ein Sandwich! Nick, du bist ein Schatz!"

„Ja, ich weiß."

Während Magdalene über das Sandwich herfiel, sah sich Nick im Laden um.

„Keiner hier?", fragte er. „Oder ist dein Boss hinter dem Vorhang und schmiedet finstere Pläne?"

„Nein, er ist essen. Schon wieder", sagte Magdalene mit vollem Mund.

„Und die Sklaven halten die Stellung", meinte Nick. „Wann hast du heute Schluss?"

„Um sieben."

„Schön. Ich hol dich ab, und wir gehen ins Kino."

Magdalene schluckte und schüttelte den Kopf. „Ich kann nicht. Ich muss noch Hausaufgaben machen und ein bisschen Philosophie lernen. In zwei Tagen habe ich einen Test."

„Was ist mit morgen?"

„Das geht auch nicht. Morgen habe ich meine erste Fahrstunde."

Nick stöhnte. „Wie lange willst du das denn durchziehen, ohne umzukippen? Schule, Arbeit, Fahrstunden, Lernen – du drehst nochmal durch."

Magdalene sah nicht ein, warum sie mit ihm darüber reden sollte. Es ließ sich nun mal nicht ändern. Der Führerschein-Schnellkurs war ein Geschenk zu ihrem achtzehnten Geburtstag gewesen. Mit der Schule *konnte* sie nicht aufhören. Und mit der Arbeit *wollte* sie nicht aufhören.

„Magdalene?" Diesmal grinste Nick nicht, sondern sah sie wirklich besorgt an. „Glaubst du nicht, dass du dir ein bisschen viel zugemutet hast?"

Sie stopfte sich den letzten Bissen Sandwich in den Mund und wischte die Finger an der Papiertüte ab.

„Im Augenblick ist es eine ganze Menge", gab sie zu. „Aber das wird sich schon einpendeln. Es ist immer schwierig, wenn man mit was Neuem anfängt, oder? Also hör bitte auf, darüber zu reden, das hilft mir nämlich kein bisschen, kapiert?"

Nick seufzte, zog seinen Rucksack wieder an und sah Magdalene mitleidig an. „Du wirst schon früh genug dreißig werden. Da musst du dich nicht schon mit achtzehn so benehmen", meinte er. „Ruf mich an, wenn du mal eine Stunde frei hast."

Damit zwinkerte er ihr zu und verließ den Laden.

Magdalene blieb ziemlich verlassen am Tresen zurück. Sie wünschte, Nick wäre noch ein bisschen hier geblieben, um mit ihr zu quatschen. In letzter Zeit kam sie immer seltener dazu, mit jemandem einfach nur zu reden. In der WG war sie meistens mit Lernen beschäftigt. Laura war praktisch dauernd unterwegs, und Jasmin hing ständig mit Georg rum.

Kaum zu glauben, aber Magdalene vermisste vor allem Laura, obwohl sie sich früher nicht besonders gut verstanden hatten. Laura war einfach immer gut drauf gewesen, hatte immer witzige Sprüche losgelassen und einen zur Weißglut getrieben. Magdalene wusste kaum noch, wann sie jemand das letzte Mal so richtig bis aufs Blut geärgert hatte.

Wo Laura jetzt wohl gerade steckte? Als Magdalene in die WG gezogen war, hatte sie eigentlich nur einen Wunsch gehabt: Sie wollte Model werden. Jetzt kam ihr das nur noch kindisch vor. Trotzdem gab es ihr einen leisen Stich, wenn sie daran dachte, dass Laura sich ihren Traum erfüllt hatte. Sie war jetzt Sängerin. Und für etwas anderes blieb keine Zeit mehr. Seitdem sie bei den *Green Apple Biters* mitmischte, war Laura praktisch aus Magdalenes Leben verschwunden.

„Wahrscheinlich probt sie gerade mit der Band", murmelte Magdalene neidisch. „Wahrscheinlich üben sie, wie man am schnellsten Autogramme schreibt. Und ich hänge hier in diesem düsteren Loch herum und langweile mich zu Tode."

Wieder ging die Ladentür auf, und wieder war es kein Kunde. Herr Wolf kam zurück. Magdalene entdeckte Krümel auf seiner Krawatte. Wahnsinn, was der Mann an einem Tag so alles verdrücken konnte!

„Na, Magdalene?", sagte er gut gelaunt. „Träumen Sie?"

Magdalene schüttelte den Kopf und murmelte: „Nur noch selten."

3 Kapitel

Schwerfällig hob Laura ein Augenlid und ließ es gleich wieder sinken. Hatte jemand Gewichte an ihre Wimpern gehängt? Und was war mit ihrem Rücken los? Er tat so weh, als hätte jemand darauf Steppen geübt.

Wieder blinzelte sie und entdeckte zu ihrer Verblüffung einen Schuh, der direkt vor ihrem Gesicht lag.

Mühsam öffnete sie die Augen ganz. Jetzt fiel ihr alles wieder ein. Sie war nicht in ihrem Bett in der WG. Und das Schnarchen, das sie hörte, stammte auch nicht von Jasmin, sondern von Kernie und Hanno. Die beiden Gitarristen der *Green Apple Biters* lagen neben Laura auf dem Boden ihres Kleinlastwagens.

Laura warf einen Blick nach vorne und sah, dass Silk quer über dem Fahrer- und Beifahrersitz lümmelte und ebenfalls selig schlief. Mit geschlossenen Augen sah er noch mehr aus wie ein Toter. Die langen schwarzen Haare hingen ihm strähnig ins bleiche Gesicht, und seine Lippen waren fast blau. Seine Hände zuckten im Schlaf, als würde er immer noch die Sticks halten und Schlagzeug spielen.

Laura rappelte sich ganz auf und bemerkte erst jetzt, wie eiskalt es im Wagen war. Ein Wunder, dass sie hier drin nicht erfroren waren! Wieso hatten sie denn eigentlich im Auto geschlafen?

Ihr Kopf drehte sich, und ihr Magen war wohl mit irgendeiner Säure gefüllt, so schlecht war ihr.

Ja, natürlich! Nach dem Auftritt gestern Nacht im Irish Pub hatten ein paar Fans sie eingeladen. Laura konnte sich dunkel daran erinnern, dass sie morgens um halb fünf das letzte Mal auf die Uhr gesehen hatte. Als sie es jetzt tat, hätte sie beinahe laut aufgeschrien: Es war vier Uhr nachmittags, und sie lag hier irgendwo in Derendorf in diesem eiskalten Auto.

Missmutig verpasste sie Kernie einen leichten Boxhieb in die Rippen. Er grunzte, wälzte sich auf die andere Seite und schlief weiter.

„Los! Aufwachen", rief Laura. Das heißt, sie wollte rufen. Aber ihre Stimme war nicht mehr als ein heiseres Krächzen. Erschrocken räusperte sie sich und versuchte es noch einmal, aber sie klang immer noch wie ein Rabe im Stimmbruch.

„Verdammter Mist!", fluchte sie.

Bisher hatte ihre Stimme sie auch nach stundenlangen Schreiduellen mit Jasmin, Magdalene oder Lilli nicht im Stich gelassen. Wie viele Songs hatte sie gestern Nacht gesungen? Wie viele Cocktails hatte sie getrunken? Und wie viele Zigaretten geraucht? Geschah ihr ganz recht, dass ihre Stimme sie jetzt im Stich ließ.

Mit schmerzendem Rücken tastete sie sich nach vorne und drückte dann auf die Hupe. Mit einem einzigen Schrei waren Kernie und Hanno wach.

Silk zuckte nicht einmal zusammen, sondern tastete nur im Schlaf nach Lauras Hand und murmelte: „Noch fünf Minuten, Mama."

„Wenn du mich noch einmal Mama nennst, kannst du was erleben", sagte Laura heiser.

„Michelle?", nuschelte Silk.

„Mach die Augen auf!", rief Laura und bekam prompt einen Hustenanfall, der Silk schließlich endgültig weckte.

„Laura?", sagte er verschlafen. „Was machst du denn in meinem Bett?"

Laura verzichtete darauf zu antworten und kroch wieder nach hinten in den Wagen.

„Wo ist Alex?", fragte Kernie und gähnte.

„Nach Hause gegangen, die Lusche", sagte Hanno. „Gegen drei ist er abgehauen."

„Ein Deserteur!", rief Silk. „Er sollte bei Morgengrauen gehängt werden. Haben wir heute nicht einen Auftritt?"

„Das war gestern. Jetzt ist morgen", stellte Hanno fest.

„Ich weiß", knurrte Silk. „Aber vorgestern hatten wir morgen und übermorgen Auftritte. Also heute."

„Stimmt", sagte Laura. „Heute um sieben im *Pink Pitt*."

„Du klingst komisch", stellte Hanno fest.

„Du klingst überhaupt nicht", fügte Kernie hinzu.

Laura sagte nichts, gab ihnen aber Recht. Sie hatte keine Ahnung, wie sie in knapp drei Stunden auftreten sollte. Ihre Stimme klang wie ein Reibeisen. Außerdem war sie ziemlich sicher, dass heute Montag und damit ein Schultag war. Hatte sie sich für heute eine Entschuldigung geschrieben? Nein, das war letzte Woche gewesen. Mist! Hoffentlich kam der blöde Direktor nicht auf die Idee, Lilli anzurufen. Das hätte ihr gerade noch gefehlt.

„Wer hat Lust auf Frühstück?", fragte Silk in die Runde.

„Gute Idee", sagte Hanno fröhlich. „Hat jemand Kohle?"

„Wir müssten doch noch Geld vom Auftritt gestern haben, oder?" Silk verrenkte sich und kramte in den Taschen seiner zerfetzten Jeans. „Ich hab's nicht. Bin ich ausgeraubt worden? Hab ich die Kerle fertig gemacht?"

„Vielleicht haben wir's ausgegeben", schlug Laura vor.

„Wir sind doch eingeladen worden, oder?" Kernie rollte sich wieder auf dem Boden zusammen.

„Die ganze Zeit? Wirklich?" Silk kratzte sich am Kopf. „Ich kann mich dunkel erinnern, dass ich eine Runde geschmissen habe."

„Aber wir sind doch nur vier. Dafür kann nicht die ganze Kohle draufgegangen sein", sagte Laura.

„Ich glaube, er hat die ganze Kneipe eingeladen", flüsterte Hanno düster.

„Du Idiot!", brüllte Laura. „Warum hast du das denn gemacht?"

„War doch dein Vorschlag", verteidigte sich Silk. „Und gestern fand ich ihn noch echt gut."

„Dann sind wir also pleite?" Laura konnte es nicht fassen. Sie hatten mit dem Auftritt gestern 300 Euro verdient, und jetzt war nichts mehr davon übrig. Wie hatten sie nur 300 Euro an einem Abend verprassen können?

Inzwischen hatte sie so großen Durst, dass sie sogar Benzin aus dem Tank getrunken hätte. Außerdem brauchte sie dringend etwas zu essen. Die Säure in ihrem Magen arbeitete sich langsam durch die Speiseröhre nach oben.

„Wir haben immer eine eiserne Reserve im Auto", verkündete Hanno.

Laura war sich ziemlich sicher, dass ihr Hunger nicht ausreichte, um irgendwas zu essen, das sich in Hannos Wagen finden würde. Woraus bestand seine eiserne Reserve? Aus einem verschimmelten Stück Brot oder einem zermatschten Schokoriegel aus der Zeit, als Twix noch Raider hieß?

„Wo war es denn nochmal? Ach ja, hier!" Hanno war nach vorne geklettert und holte jetzt triumphierend einen Zwanzigeuroschein aus dem Handschuhfach. „Für's Essen müsste es eigentlich reichen. Was meint ihr? McDonald's?"

Laura dachte daran, wie viele Jahre ihres Lebens sie mit verschiedenen Diäten verbracht hatte, und wunderte sich, wie egal ihr das inzwischen war.

„Auf zu McDonald's", krächzte sie und hockte sich wieder auf den Boden.

Hanno kletterte hinter den Fahrersitz und fuhr los.

Laura ließ sich vom Motorengeräusch einlullen und stellte fest, dass es bereits anfing zu dämmern. Irgendwo in ihrem Hinterkopf meldete sich eine leise Stimme, die offenbar von ihrem Gewissen kam. Sie fragte sich, ob Jasmin und Magdalene bemerkt hatten, dass sie seit drei Tagen nicht mehr nach Hause gekommen war. Ganz sicher war sie sich nicht. Magdalene arbeitete schließlich seit ein paar Wochen und war selbst kaum noch in der WG. Und Jasmin war so sehr mit ihrem Georg beschäftigt, dass sie fast nichts mehr mitbekam.

Lilli hatte ohne Felipe scheinbar selbst genug um die Ohren und konnte sich nicht mehr um jede Kleinigkeit kümmern, die in der WG passierte. Felipe wäre es natürlich aufgefallen, dachte Laura. Er hätte sofort bemerkt, wenn eines seiner Küken über Nacht weggeblieben wäre. Aber Felipe war in Berlin, und Laura war dankbar dafür. Nicht, dass er ihr nicht gefehlt hätte. Nur hatte sich ihr Leben so sehr verändert, dass sie inzwischen kaum noch wusste, wie sie etwas darin unterbringen sollte, was nichts mit den *Green Apple Biters* zu tun hatte.

Nicht nur Lauras Leben hatte sich verändert, wie sie sich eingestehen musste. Sie selbst hatte sich auch verändert. Und so sehr ihr diese Veränderung gefiel, hin und wieder fing sie einen eigenartigen Blick von Alex auf. Der Keyboarder der *Green Apple Biters* schien mit der neuen Laura nicht uneingeschränkt glücklich zu sein.

„Sein Problem", murmelte Laura. „Die alte Laura gibt's nicht mehr."

„Was hast du gesagt?", rief Silk von vorne.

„Ich will ein großes Big-Mac-Menü", sagte Laura laut. „Und noch eine extra Cola light. Können wir uns das leisten?"

„Für unseren Star ist uns nichts zu teuer", erwiderte Silk und klang dabei fast ernst.

Tatsächlich begnügten sich alle anderen mit kleineren Portionen, um Laura auch noch Tee kaufen zu können, damit sich ihre Stimmbänder wieder erholten. Laura war todmüde, fühlte sich aber nach dem Essen wieder besser. Ihre Magensäure stürzte sich wütend auf den Burger und die Pommes, und ihr Hals entkrampfte sich durch den warmen Tee.

„Was machen wir jetzt?", fragte Kernie schließlich. Sein T-Shirt war inzwischen mit Ketschup bekleckert, und er hatte irgendwelche Flusen in den Haaren. „Noch drei Stunden bis zum nächsten Auftritt."

„Ich sollte mich mal zu Hause blicken lassen", meinte Silk. „Sonst vermieten meine Eltern mein Zimmer noch."

„Und wir sollten uns bei unserem Boss melden und erklären, warum wir nicht bei der Arbeit waren", sagte Kernie.

„Was arbeitet ihr eigentlich?", wollte Laura wissen.

„Callcenter", sagte Hanno. „Wir geben Computertipps."

„Sollten wir jedenfalls geben", fügte Kernie hinzu. „Aber heute waren wir krank."

„Schwer krank."

„Und ich sollte mal wieder in der WG auftauchen“, sagte Laura. „Meine Betreuerin beruhigen. Nachsehen, ob meine Mitbewohnerinnen noch leben.“

Schweigend kehrten sie zurück zum Bus.

Als Silk die Tür aufschloss, schlug er vor: „Wir könnten auch einfach nochmal ’ne Runde schlafen bis zum Auftritt.“

„Kraft tanken“, sagte Hanno.

„Batterien aufladen“, ergänzte Kernie.

Drei Augenpaare wandten sich Laura zu und blickten sie fragend an. Sie zuckte mit den Schultern, kletterte in den Wagen, legte sich wieder auf den Boden und gab den Kampf gegen die Gewichte an ihren Wimpern auf.

4. Kapitel

Jasmin lehnte sich auf dem Sofa zurück und schloss die Augen. Sie hatte Georg aus verschiedenen Gründen sehr gern. Aber was sie ganz besonders an ihm mochte, war, dass er sein Zuhause mit ihr teilte.

Wenn sie Georg besuchte, dann war es ganz selbstverständlich, dass Jasmin den Kühlschrank plündern, fernsehen, sich DVDs anschauen, auf der Couch rumlümmeln oder im Internet surfen durfte. Sie fühlte sich bei ihm wie zu Hause.

„Woran denkst du?“, fragte Georg.

Jasmin öffnete ein Auge und grinste ihn an. „An absolut gar nichts.“

„Gut.“

Georg legte einen Arm um ihre Schultern, und Jasmin kuschelte sich an seinen Hals. Sie wünschte, sie könnte hier bleiben und müsste nie mehr in die WG zurückgehen. Das Haus war aufgeräumt und sauber, ohne dass Jasmin es geputzt hatte. Der Kühlschrank war voll, ohne dass sie einkaufen war. In den Kleiderschränken von Georg und seiner Schwester Annalena lagen fein säuberlich gefaltet frisch gewaschene Klamotten, die nach Weichspüler rochen. Und um all das kümmerten sich Georgs Eltern.

Jasmin liebte es, hier zu sein. Es war, als würde sie jede Verantwortung an der Haustür abgeben. Bei Georg brauchte sie sich um nichts zu kümmern.

„Stör ich?" Annalena steckte den Kopf zur Wohnzimmertür herein und grinste. „Oh, ich dachte, ihr macht was Unanständiges."

„Hau ab!", brummte Georg, musste aber auch grinsen.

Annalena schlenderte durch das ganze Wohnzimmer und hockte sich schließlich neben Jasmin. Sie war zehn Jahre alt, groß und dünn und hatte lange blonde Haare. Außerdem schien sie Jasmin anzuhimmeln. Sobald Jasmin auch nur den Kopf zur Tür reinsteckte, ließ Annalena ihren Computer links liegen, kümmerte sich nicht mehr um ihre Pferdebücher und hörte sogar auf, ihren Bruder zu ärgern. Natürlich ärgerte es Georg weit mehr, dass er keine zwei Minuten mit Jasmin allein sein konnte, weil Annalena ständig neben ihnen auftauchte.

„Was macht ihr denn gerade?", fragte Annalena.

„Gar nichts", knurrte Georg.

„Aha. Darf ich mitmachen?"

Jasmin lachte.

„Und, Georg? Hast du sie schon gefragt?", wollte Annalena wissen.

„Was gefragt?“ Jasmin wurde sofort hellhörig.

„Nichts Besonderes“, wiegelte Georg ab und warf seiner Schwester gleichzeitig einen warnenden Blick zu.

„Frag sie doch!“, drängte Annalena.

„Ja, frag sie doch“, stimmte Jasmin zu.

Georg lachte. „Na schön, gegen euch beide komm ich eh nicht an.“ Dann knetete er aber erst mal ausgiebig seine Finger und betrachtete seine Hausschuhe. „Also, es ist so. Ich hatte doch Tanzstunden.“ Er warf Jasmin einen schnellen Seitenblick zu, um zu sehen, ob sie lachen würde. „Und jetzt ist da so ein Ball, auf den meine Eltern gehen, und ich soll mitkommen. Ich wollte dich fragen, ob du auch mitkommst. Mit mir. Als meine Begleitung sozusagen.“

Plötzlich fand Jasmin Georgs Hausschuhe auch wahnsinnig spannend.

„Ich kann nicht tanzen“, murmelte sie.

„Ach, das kann ich dir beibringen“, sagte Georg.

„Außerdem hab ich kein Kleid.“

„Das ist nicht der Wiener Opernball“, meinte Georg.

„Ich glaube, ich möchte lieber nicht.“

„Oooch bitte!“, rief Annalena. „Das wäre wie bei Aschenputtel. Du könntest ein schönes Kleid anhaben und schöne Schuhe und eine schöne Frisur und schönes Make-up, und ihr könntet schön tanzen. Bitte, bitte, Jasmin, denk doch nochmal darüber nach!“

Georg grinste. „Ich schließe mich den Worten meiner Schwester an.“

Annalena machte ein Gesicht wie ein Hundewelpe, der einen Knochen entdeckt hatte, den er nicht erreichen konnte. Jasmin konnte diesen großen blauen Augen einfach nichts abschlagen.

„Na schön“, seufzte sie. „Aber wehe, du bist kein guter Tanzlehrer!“

Georg sprang auf, schnappte sich Annalena und wirbelte sie durchs Zimmer.

„Du bist die beste kleine Schwester auf der ganzen Welt!“, jubelte er.

„Soll ich sie auch noch zu der anderen Sache überreden?“, fragte Annalena, als Georg sie wieder abgesetzt hatte.

„Nein, du haust jetzt ab.“

Annalena schob die Unterlippe vor und stapfte übertrieben laut aus dem Wohnzimmer. Jasmin entging nicht, dass sie die Tür hinter sich einen Spalt weit offen ließ.

Georg setzte sich wieder neben Jasmin und holte tief Luft.

„Ist eigentlich keine große Sache“, sagte er.

„Bist du deshalb so nervös?“, fragte Jasmin grinsend.

„Ich hab nur Angst, dass du vielleicht nicht willst.“

„Okay, jetzt hab ich Angst“, sagte sie. „Wenn du dich hinkniest und einen Ring aus der Tasche ziehst, hau ich sofort ab.“

Georg lächelte gequält. „Also, ganz so schlimm wird’s nicht. Meine Eltern würden dich gerne kennen lernen und haben dich deshalb zum Essen eingeladen. Hey, Jasmin? Alles klar? Du bist ja ganz blass geworden. Ist dir schlecht?“ Er legte ihr eine Hand auf die Stirn. „Wie kann man innerhalb von Sekunden Fieber kriegen?“, fragte er besorgt. „Komm schon, meine Eltern sind ganz in Ordnung, wirklich! Sie wollen dich nur kennen lernen. Sie haben schon so viel über dich gehört, vor allem von Annalena, da sind sie einfach neugierig geworden. Ich schwöre dir, dass sie nicht beim Standesamt anrufen oder ein Brautkleid aussuchen wollen. Sie wollen nur sehen, ob du mit Messer und Gabel umgehen kannst."

„Nein."

„Okay, dann gibt's eben Suppe. Dazu brauchst du nur einen Löffel. Du kannst auch direkt aus der Schüssel schlürfen, wenn dir das lieber ist."

„Hör auf damit! Das ist kein bisschen witzig!" Jasmin sprang vom Sofa auf. „Das ist sogar das absolute Gegenteil! Das ist ernst. Was ist, wenn sie mich schrecklich finden? Was ist, wenn sie dir verbieten, mich wiederzusehen? Oder wenn ich nie wieder zu euch nach Hause kommen darf?"

„Dann zelten wir zusammen im Garten", schlug Georg vor.

Er nahm Jasmin in den Arm und streichelte ihr übers Haar. „Sie werden dich toll finden, ganz sicher! Sie werden sich auf den ersten Blick in dich verlieben. Genau wie ich."

„Ja, aber –"

Georg beugte sich vor und verschloss Jasmin den Mund mit einem Kuss. Eng umschlungen blieben sie mitten im Wohnzimmer stehen, bis sie ein Kichern hörten, das halb unterdrückt hinter der Tür erklang.

„Hau ab!", rief Georg.

Auf der anderen Seite der Tür machte seine Schwester Schmatzgeräusche.

„Verzieh dich!"

„Oh Jasmin, ich liiiebe dich ja sooo!", zwitscherte Annalena.

Georg strich Jasmin das Haar hinter die Ohren.

„Siehst du?", sagte er. „Wenn meine Eltern sogar Annalena mögen, werden sie dich auf jeden Fall lieben."

5. Kapitel

Magdalene war kotzübel. Wie viele Autos hatte sie in ihrem Leben schon gesehen? Ein paar Millionen? In wie vielen war sie schon mitgefahren? Vielleicht hundert? Warum war ihr bisher nie aufgefallen, wie schnell die Dinger waren? Und wie unglaublich groß!

„Ich kann doch nicht einfach losfahren!", rief sie verzweifelt.

„Natürlich können Sie das", erwiderte der Fahrlehrer. „Ich hab's Ihnen jetzt dreimal erklärt. Sind Sie so schwer von Begriff? Sie treten auf die Kupplung, das Pedal ganz links. Dann vergewissern Sie sich, dass kein Gang drin ist – hier." Er ruckelte an dem Knüppel zwischen dem Fahrer- und dem Beifahrersitz. „Dann drehen Sie den Zündschlüssel um, legen den ersten Gang ein, treten sanft aufs Gas und gehen ganz langsam von der Kupplung runter. Schon fährt der Wagen los."

Weil Magdalene versucht hatte, sich jeden Schritt genau zu merken, hatte sie schon wieder vergessen, womit sie eigentlich anfangen sollte. Sie saß in dem Fahrschulauto mit dem großen Schild auf dem Dach und starrte auf den fast leeren Parkplatz vor der Fahrschule. Der dicke Kerl neben ihr erwartete allen Ernstes, dass sie den Wagen zum Fahren brachte und dann auch noch auf die Straße einbog. Dahin, wo die anderen Autos waren. Warum hatte gerade *sie* einen Fahrlehrer bekommen, der unbedingt Selbstmord begehen wollte?

Sie wünschte sich von ganzem Herzen, Felipe wäre noch hier und hätte ihr vorab schon mal ein bisschen Fahrunterricht geben können, bevor sie diesem Hannibal Lector hier zum Fraß vorgeworfen wurde.

Schließlich atmete sie tief durch, dachte an Nicks aufmunternde Worte heute Morgen am Telefon – „Was auch passiert, nicht in Panik geraten!" – und trat auf die Kupplung. Dann drehte sie den Zündschlüssel um.

Im nächsten Moment stieß sie einen schrillen Schrei aus. Der Wagen hatte geknurrt. Und so geruckelt, als wäre er ein Tier, das jemand geschlagen hatte.

„Das war schon sehr gut", sagte ihr Fahrlehrer ironisch. „Vielleicht schaffen wir es jetzt, den Schlüssel ganz umzudrehen. Das ist kein böses Auto. Es macht diese Geräusche, weil es nicht schnurren kann. Okay?"

Magdalene warf den Kopf zurück und sah den Mann herausfordernd an.

„Sie brauchen mich nicht wie eine Idiotin zu behandeln!", schnauzte sie ihn an. „Ich sitze zum ersten Mal in einem Auto, aber Sie sind wohl kaum zum ersten Mal Fahrlehrer. Wenn ich Fehler mache, ist das verständlich. Bei Ihnen wundert mich das aber."

Er sah sie so verblüfft an, als hätte er gerade festgestellt, dass Magdalene und er die gleiche Sprache sprechen konnten.

„Okay", meinte er versöhnlicher. „Dann nochmal. Kupplung treten."

Magdalene tat es.

„Schlüssel drehen."

Der Wagen sprang an.

„Ersten Gang einlegen."

Es lief wie geschmiert.

„Jetzt aufs Gas. Sachte! Und dabei langsam mit viel Gefühl von der Kupplung heruntergehen …“

Magdalene trat aufs Gaspedal, nahm den Fuß von der Kupplung, und der Wagen machte einen so gewaltigen Satz vorwärts, dass sie vor Schreck den Fuß vom Gaspedal riss. Der Fahrlehrer zog die Handbremse an.

Dann herrschte erst mal Stille.

„Er ist wieder aus“, stellte Magdalene fest.

„Abgewürgt“, pflichtete ihr der Lehrer bei. „Woran könnte das gelegen haben?“

„Ich bin zu schnell von der Kupplung runtergegangen?“, schlug Magdalene vor.

„Und?“

„Und ich habe zu wenig Gas gegeben?“

„Gut, gut. Dann nochmal von vorne.“

Sie unterdrückte ein Stöhnen, trat auf die Kupplung und wollte den Schlüssel umdrehen, als sich die Hand des Fahrlehrers auf ihre legte.

„Haben wir was vergessen?“, fragte er.

„Dass man Fahrschüler nicht unbedingt anfassen muss?“, zischte Magdalene, woraufhin er die Hand von ihrer nahm.

„Sie haben noch den ersten Gang drin“, sagte der Fahrlehrer genervt, verschränkte die Arme und starrte aus dem Fenster.

Magdalene schluckte. Dann unterdrückte sie ihre Panik und fing noch einmal von vorne an. Kupplung, Zündung, Gang, Gas her, Kupplung weg. Trotzdem machte der Wagen nur einen kleinen Sprung.

Schnell löste der Lehrer die Handbremse.

„Okay, das war meine Schuld“, sagte er. „Fahren Sie weiter. Steigen Sie ruhig ein bisschen mehr aufs Gas. Sie fahren nicht mal Schritttempo."

Magdalene stieg aufs Gas, der Motor heulte auf, der Wagen schoss nach vorne, und sie nahm vor Schreck beide Füße von sämtlichen Pedalen.

„Hm", machte der Lehrer. „Das Dosieren müssen Sie noch üben. Folgendes: Wenn Sie wollen, dass der Wagen nur noch rollt, aber nicht ausgeht, dann gehen Sie vom Gas runter, treten aber gleichzeitig die Kupplung durch. Dann können Sie auch auf die Bremse steigen."

„Welches Pedal ist nochmal die Bremse?"

„Wo ist Kupplung?"

„Links."

„Gas?"

Magdalene biss sich auf die Unterlippe. „Rechts."

„Also hinter welchem Tor verbirgt sich dann die Bremse?"

„In der Mitte."

„Die Kandidatin hat hundert Punkte. Und nochmal von vorne. Wir wollen jetzt unseren Freund, den zweiten Gang, kennen lernen."

Magdalene seufzte. Sie hatte nicht das Gefühl, den ersten Gang schon gut genug zu kennen, um den zweiten unter die Lupe nehmen zu können. Und dass er jemals ihr Freund werden würde, bezweifelte sie ganz entschieden.

An diesem Tag fuhr Magdalene vom Parkplatz der Fahrschule bis zum Parkplatz vor dem Freibad. Er war der einzige, der leer genug war, um ungehindert ein paar Runden drehen zu können. Nach einer halben Stunde hatte sie sogar das Gefühl, den Dreh langsam raus zu haben.

„Meinen Sie, dass ich bald fahren kann?", fragte sie ihren Lehrer schließlich.

Er zuckte mit den Schultern. „Das lässt sich schwer sagen“, meinte er. „Eigentlich kann jeder Idiot den Führerschein schaffen. Kommt nur darauf an, wie viele Anläufe er braucht.“

Das war nicht unbedingt die Aufmunterung, die Magdalene sich erhofft hatte.

Am Ende der Fahrstunde kletterte sie mit Gummiknien aus dem Wagen und marschierte auf die Straßenbahnhaltestelle zu. Sie war den Tränen nahe. Den Grund dafür wusste sie selbst nicht so recht. Auf die Idee, dass es schlicht und einfach Erschöpfung war, kam sie erst gar nicht.

Trotzdem hatte es sie den letzten Rest ihrer Kraft gekostet, dem Fahrlehrer die Stirn zu bieten. Sie war von Lees älterer Schwester gewarnt worden, dass sich die meisten Fahrlehrer aufspielten oder versuchten, sich an ihre Schülerinnen ranzumachen. Das war wahrscheinlich nichts weiter als ein blödes Vorurteil. Aber Magdalene hatte nicht die Absicht, ein Klischee zu bedienen und sich von ihrem Fahrlehrer wie eine blöde Tussi behandeln zu lassen. Selbst dann nicht, wenn sie sich wie eine benahm.

Magdalene hatte Horrorvorstellungen von ihrer ersten Fahrstunde gehabt. Und die waren fast alle eingetroffen. Nur mit der einen Ausnahme, dass sie niemanden überfahren hatte.

In der Straßenbahn kramte sie den Organizer aus der Tasche, den Laura ihr zum Geburtstag geschenkt hatte, und schaltete ihn ein. Für Dienstag stand dort: *Fahrstunde bis 15 Uhr, Philosophie lernen, Englisch-Aufsatz schreiben, Bad putzen.*

Magdalene drehte den Kopf und presste ihre Stirn an die kalte Fensterscheibe der Straßenbahn. Hörte der November denn niemals auf? Es kam ihr vor, als dauerte er schon zehn Wochen, dabei hatten sie erst den vierzehnten.

Aus ihrer Tasche erklang *Blow Away*, und sie kramte ihr Handy hervor. Ebenfalls ein Geburtstagsgeschenk, und zwar von Felipe. *Nick* stand auf dem Display.

„Hi“, hauchte Magdalene ins Handy.

„Hey, Fahrschülerin“, sagte Nick fröhlich. „Ich hab die ganze Zeit Verkehrsfunk gehört: Du hast niemanden platt gemacht. Herzlichen Glückwunsch!“

Es war, als hätte Magdalene einen Schluck Rum getrunken. In ihrem Magen breitete sich plötzlich eine angenehme Wärme aus, und die Müdigkeit drückte nicht mehr ganz so schlimm auf ihre Augen.

„Ich hab mich furchtbar blöd angestellt“, sagte sie. „Der Wagen ist mir dauernd abgestorben, ich hab die Pedale verwechselt, und mein Fahrlehrer hat mich behandelt wie die letzte Idiotin.“

„Soll ich ihn herausfordern?“, fragte Nick. „Pistolenduell bei Sonnenaufgang?“

„Quatsch!“ Magdalene lachte. „Aber danke für das Angebot.“

„Was sind schon kleine Morde für Freunde? Ist doch selbstverständlich. Aber mal was anderes. Hast du heute Zeit?“

„Nein“, brummte Magdalene. „Ich muss noch Hausaufgaben machen, Philo lernen und das Bad putzen.“

„Wie wär’s mit Arbeitsteilung?“, schlug Nick vor. „Ich putze das Bad, und du machst den Rest.“

„Das brauchst du nicht. Ich schaff das schon.“

„Ich tu das nicht für dich“, widersprach Nick entrüstet. „Du willst wohl das ganze verdreckte Bad für dich allein haben, was? Aber Widerspruch ist zwecklos. Ich bin in zwanzig Minuten bei euch. Ciao!“

Damit hatte er auch schon aufgelegt.

Magdalene war nicht restlos glücklich. Sie hatte sich darauf gefreut, wenigstens mal für eine halbe Stunde die Füße hochzulegen und nichts sagen oder tun zu müssen. Wenn Nick da war, dann ging das nicht. Es war ja nett von ihm, dass er ihr helfen wollte, aber Magdalene war ganz und gar nicht hilfsbedürftig. Sie hatte alles fest im Griff.

Aber als sie die Tür zur WG aufmachte und ihr nur Amigo entgegentrottete, konnte sie es doch kaum erwarten, dass Nick auftauchte. Eine dunkle, leere Wohnung hatte etwas Trauriges.

Magdalene kraulte Amigo hinter den Ohren und ging in die Küche, um ihm etwas zu fressen zu geben.

Die Stille legte sich um sie und haftete an ihr wie eine klebrige Flüssigkeit. Wenn Nick nicht versprochen hätte, noch herzukommen, dann wäre Magdalene vermutlich zu Lilli rübergegangen.

Doch genau als die Ruhe am bedrückendsten war, klingelte es an der Tür, und gleich darauf stand Nick vor der Wohnung.

„Na? Wie geht's dir?“, fragte er. Dann verdüsterte sich sein Blick. „Oje, ich seh schon.“ Er trat in den Flur und nahm Magdalene in den Arm. Erst wollte sie widersprechen und irgendeinen Scherz machen, aber dann ließ sie einfach den Kopf gegen Nicks Schulter sinken und schloss die Augen. Es tat gut, dass es doch jemanden gab, der sich um *sie* kümmerte. Nicht, dass sie es nötig hätte. Nur war es schön, das zu wissen. An wen erinnerte sie das? Felipe. Natürlich.

„Besser?“, fragte er nach einer Weile, und als Magdalene

nickte, ließ er sie los und trat einen Schritt zurück. Er runzelte die Stirn, als er Magdalenes Gesichtsausdruck bemerkte. „Braucht dir gar nicht peinlich zu sein“, sagte er schroff. „Wenn ich meine Prüfungen habe, lasse ich mich von jedem Familienmitglied mindestens eine Stunde lang drücken und heule dabei wie ein Schlosshund. Das ist der Stress, weißt du? Der muss irgendwie rausgedrückt werden.“ Nick zog sich die Schuhe aus und hängte seine Jacke an den Kleiderständer. „So, jetzt ist das Bad dran. Wo ist das Putzzeug?“

Magdalene wand sich. Es war ihr peinlich, dass Nick tatsächlich ihr Bad putzen wollte. Aber er war schon in der Küche und kramte Eimer und Schwämme unter der Spüle hervor.

„Gibt's noch irgendwelche Mädchensachen, die du wegräumen willst, bevor ich ins Bad gehe?“, erkundigte sich Nick. „Irgendwas Peinliches, was meine Männeraugen nicht sehen sollen?“

Magdalene schüttelte lächelnd den Kopf. „Warum machst du das eigentlich alles für mich?“

„Um den Moment hinauszuzögern, in dem du zusammenklappst. Und jetzt entschuldige mich bitte. Ich habe zu tun.“

Müde schleppte sich Magdalene in ihr Zimmer und ließ sich ächzend am Schreibtisch nieder. Sie kramte ihr Englischheft hervor und las die Aufgabenstellung viermal durch, ehe sie begriff, worum es ging. Dann versuchte sie, sich daran zu erinnern, was sie im Unterricht über das politische System in Großbritannien gehört hatte. Anschließend schrieb sie eine halbe Stunde lang einen Aufsatz darüber und brachte das Heft in Jasmins Zimmer. Sie legte das Heft auf Jasmins Bett und schrieb über den Aufsatz: *Bitte nochmal durchlesen! Tausend Dank! Magdalene.*

„Wie läuft's bei dir?“, rief sie Richtung Badezimmer.

„Alles klar so weit. Ich hab sogar die Haare aus dem Ausguss rausgekriegt. Mann, war das ein Knäuel! Eigentlich müsstet ihr alle eine Glatze haben.“

„Da sind sicher noch welche von den Vormietern dabei“, antwortete Magdalene. „Wir haben den Ausguss noch nie sauber gemacht.“

„Ist das Wasser in der Badewanne jemals abgelaufen?“, erkundigte sich Nick.

„Schon, nach zwei, drei Stunden.“

„Und wie kommst du voran?“

„Ich fange jetzt mit Philosophie an. Wenn du willst, mache ich uns was zu essen, sobald du mit dem Bad fertig bist. Es sei denn, du willst unbedingt die Fliesen neu verlegen.“

Nick lachte. „Ich nix verstehen. Machen, was Boss sagen. Wollen essen. Frau sagen gut?“

„Frau sagen sehr gut, du Spinner!“

Magdalene grinste, marschierte wieder in ihr Zimmer und kramte das Philosophiebuch hervor. Sie schlug das Kapitel über Hermeneutik auf, stützte den schweren Kopf auf die Ellenbogen und fing an zu lesen.

Sie schaffte es auch noch, den fett gedruckten Teil unter der Überschrift mitzukriegen. Dann tanzten bunte Lichter vor ihren Augen. Magdalene merkte nicht mal mehr, wie ihr Kopf vornübersank. Sie war längst im Reich der Träume.

6 Kapitel

Laura konnte es einfach nicht fassen, dass jemand diesen Haufen Bretter als Bühne bezeichnete. Es gab kaum genug Platz für Silks Schlagzeug. Alex stand mit seinem Keyboard schon halb hinter dem glitzernden Vorhang, und Kernie und Hanno schlugen sich gegenseitig fast mit ihren Gitarren nieder. Außerdem hatten sie es sich schnell abgewöhnen müssen, auf der Bühne herumzuspringen, weil die Decke ihren Köpfen dann bedrohlich nahe kam.

Von alldem ließ sich Laura inzwischen nicht mehr beirren. Das Publikum bestand aus fast hundert Leuten, von denen mehr als die Hälfte direkt vor dem Bühnenrand stand und die Arme in der Luft schwenkte. Nach den *Green Apple Biters* sollte eine andere Band spielen, und die Leute waren wegen des anderen Auftritts hier. Aber das hatte Laura schon nach dem ersten Song großzügig vergessen.

Es war schon vor Beginn des Konzerts total überheizt in der Kneipe gewesen. Inzwischen hatte es durch die Scheinwerfer, die Körperwärme der viel zu vielen Menschen und die fehlende Belüftung ungefähr fünfzig Grad. Laura schwitzte aus allen Poren. Ihr T-Shirt klebte an ihrem Oberkörper, und in ihren Schuhen hatten sich Pfützen gebildet.

Nicht mal in der Hölle konnte es heißer sein, und Laura fühlte sich höllisch wohl. Vor allem, als sie das Mädchen in der zweiten Reihe bemerkt hatte, das seinen Blick nicht eine Sekunde von ihr abwandte. Das war ein Blick, wie ihn wohl Justin Timberlake oder Beyoncé gewohnt sein mussten. Für Laura war er neu, und sie badete darin. Außerdem war das Mädchen ungefähr in Lauras Alter und noch dazu sehr hübsch. Einmal blinzelte Laura ihr zu, und das Mädchen strahlte sie an, als hätte es eben im Lotto gewonnen.

Lauras Stimme klang immer noch nicht ganz wie sonst, aber dieses rauchige Timbre hatte etwas. Vielleicht sollte sie anfangen, Zigarren zu qualmen, damit ihre Stimme so blieb.

„Okay, Leute!“, brüllte Laura schließlich ins Mikro. „Das war’s von uns für heute Abend.“

Protestgeschrei aus dem Publikum.

„Gleich kommen für euch die *Jetts*!“

Jubelschreie.

„Danke für einen tollen Abend! Wir sind die *Green Apple Biters*, und wer unser neues Album kaufen will, soll es produzieren.“

Damit verbeugte sich Laura, verspritzte dabei Schweißtropfen ins Publikum und verzog sich unter tosendem Applaus hinter den Vorhang.

Von hier gelangte man in das Büro des Kneipenbesitzers, und die Bands, die im *Pink Pitt* auftraten, konnten sich hier umziehen oder auf ihren Auftritt warten. Nach einer Minute kamen auch die restlichen Bandmitglieder nach.

„Was war das denn für ein Quatsch mit dem Album?“, fragte Hanno sofort.

„Wieso Quatsch?“, fuhr Alex dazwischen. „Kann ja nicht schaden, wenn man nach Produzenten sucht, oder?“

Als Einziger der *Green Apple Biters* sah Alex ausgeruht und sauber aus, obwohl er genauso verschwitzt war wie alle anderen.

„Habt ihr nicht den Stapel mit CDs und T-Shirts gesehen, der auf der Bar lag? Das war alles von den *Jetts*“, sagte Laura. „Ich wette, wir hätten auch jede Menge Zeug verkaufen können.“

„Die *Jetts* sind eine Band, die seit fünfzehn Jahren durch sämtliche Kneipen im Ruhrgebiet tingelt“, erklärte Silk. „Wenn du dich mit denen vergleichen willst, hast du ein Problem.“

Alex holte ein frisches T-Shirt aus dem Rucksack, den er im Büro abgestellt hatte, und tauschte es gegen sein verschwitztes aus. Die anderen Bandmitglieder sahen ihm neidisch dabei zu.

„Der Kneipenbesitzer hat uns noch auf einen Drink eingeladen“, sagte Silk.

„Hat dir der Typ die Kohle gegeben?“, fragte Kernie.

Silk schüttelte den Kopf. „Er müsste eigentlich jeden Moment hier auftauchen.“

Erschöpft ließen sie sich auf dem Boden nieder und lehnten sich mit den Rücken gegen die Wand.

„Mann, bin ich fertig!“, stöhnte Kernie. „Haben wir in dieser Woche noch Auftritte?“

„Ich glaub, am Freitag“, sagte Silk. „Aber ich hätte auch schwören können, dass wir hier gestern hätten spielen sollen.“

„Es war immer Dienstag“, sagte Alex.

„Ich hätte dich erwürgen können, als du gestern nicht aufgetaucht bist“, sagte Hanno zu Alex.

„Vielleicht solltet ihr euch mal die Termine aufschreiben“, gab Alex ungerührt zurück. „Bevor ihr euren einzigen Keyboarder ermordet.“ Er warf Hanno einen Seitenblick zu. „Gitarristen haben wir ja zwei.“

„Haha."

Es ging Laura auf die Nerven, dass es immer Zank gab, wenn Alex auftauchte. Warum musste er nur ständig wegen jeder Kleinigkeit rumzicken?

Okay, Silk hatte sich beim Auftrittstermin geirrt. Na und? Die vier waren nach der Nacht im Auto gestern im *Pink Pitt* aufgetaucht und hatten festgestellt, dass ihr Auftritt erst am Dienstag geplant war. Das war doch kein Beinbruch. Alex hatte den richtigen Termin gehabt und war deshalb nicht gekommen. Also konnte es ihm doch egal sein.

Die Tür zum Büro ging auf, und der Kneipenbesitzer kam herein.

„Toller Auftritt!", lobte er die Band. „Ihr seid ja schon richtige Profis."

Laura verdrehte die Augen. Warum redete er mit ihnen, als hätten sie bei einem Schultheaterstück mitgemacht?

„Also, wer ist der Boss?", fragte er dann.

„Hier", krächzte Silk und erhob sich mühsam, um einen Briefumschlag entgegenzunehmen.

„Bei mir könnt ihr jederzeit wieder spielen", erklärte der Wirt. „Hat den Leuten gefallen."

„Danke." Silk öffnete das Kuvert und stutzte. „Das ist mehr, als wir vereinbart hatten."

„Ihr wart fast zwei Stunden auf der Bühne", erklärte der Mann. „Vereinbart war eine Stunde. Die *Jetts* stehen im Stau. Ihr habt mir echt den Abend gerettet. Bruno vergisst so was nicht. Also, vielen Dank, Leute."

Damit drehte er sich um und ging wieder.

„Wie viel ist es denn?", fragte Laura neugierig und stand ebenfalls auf.

„Hundert", sagte Silk heiser.

„Das gibt es doch nicht! Vereinbart waren dreihundert“, brauste Alex auf.

„Es sind hundert für jeden, Blödmann!“

Alex’ Gesicht hellte sich auf. „Netter Kerl, dieser Bruno“, sagte er. „War mir gleich sympathisch. Ich hab einen Blick dafür.“

Silk lachte und drückte jedem einen Hunderteuroschein in die Hand.

„Was machen wir jetzt?“, fragte er in die Runde. „Die Nacht liegt praktisch noch in Windeln.“

„Es ist halb elf“, sagte Alex. „Ich hab morgen Schule.“

Die anderen stöhnten genervt, aber bei Laura meldete sich die leise Stimme wieder. Sie war sich nicht sicher, ob es ihr Gewissen war oder ob sie einfach nur todmüde war, sich nach einer Dusche sehnte und sich kaum noch auf den Beinen halten konnte.

„Kannst du mich mitnehmen?“, fragte sie, bevor sie es sich anders überlegen konnte.

„Klar“, sagte Hanno.

„Ist doch Ehrensache“, meinte Kernie.

„Ich hab Alex gemeint“, sagte Laura.

Erstauntes Schweigen machte sich breit, bis Alex sichtlich erleichtert meinte: „Klar, ich bring dich nach Hause.“

Laura erwartete, dass zumindest Silk sie überreden würde, noch zu bleiben. Aber er folgte Alex wortlos aus der Kneipe.

Die Hintertür führte in eine dunkle Seitengasse. Im ersten Moment hielt Laura die Luft an, als sie die dunklen Gestalten bemerkte, die dort auf sie zu warten schienen.

„Silk! Silk! Ein Autogramm bitte!“, brüllte eine der Gestalten.

In den nächsten Minuten drängten sich ungefähr zwanzig Leute um die fünf Bandmitglieder und ließen sich Autogramme auf T-Shirts, Zettel, Portmonee und Jeans geben.

Im Halbdunkel erkannte Laura das Mädchen aus der zweiten Reihe.

„Gibst du mir ein Autogramm?“, fragte es Laura. „Für Cynthia mit C und Y und TH.“

„Klar“, sagte Laura. „Wohin?“

Cynthia zog ihr T-Shirt hoch. „Auf meinen Bauch, bitte.“ Sie lächelte. „Dann hab ich einen Grund, mich nie wieder zu waschen.“

Laura war heilfroh, dass es so dunkel war. Sie spürte, dass sie knallrot geworden war. Trotzdem nahm sie Cynthia den Filzstift ab und kritzelte auf ihren Bauch. Das Mädchen kicherte.

„Das kitzelt.“

Schnell stöpselte Laura den Stift wieder zu und gab ihn dem Mädchen zurück.

„Wann habt ihr den nächsten Auftritt?“, fragte Cynthia.

Plötzlich tauchte Silk hinter Cynthia auf. „Wir spielen am Freitag im Haus der Jugend in Benrath.“ Er schielte auf ihren Bauch. „Soll ich dich auch anmalen? Ich wette, ich kann –“

„Okay, ich werde da sein“, unterbrach ihn Cynthia, trat einen Schritt vor, küsste Laura auf die Wange und lief davon.

Silk blickte ihr kopfschüttelnd nach. „Die Besten sind immer lesbisch“, jammerte er.

Laura grinste. „Sie war hübsch, oder?“

Silk starrte sie an. „Ja, und Picasso konnte gut zeichnen.“

„Was?“

„Die war nicht hübsch, die war Heidi Klum.“

Damit klopfte er Laura auf die Schulter und versuchte, Hanno und Kernie aus einem Haufen Fans rauszusuchen.

„Fahren wir?“, fragte Alex.

Laura nickte.

„Macht’s gut, Leute!“, rief sie. „Bis Freitag.“

Über Alex’ Moped ließen sich viele gute Dinge sagen. Es war schneller als ein Fahrrad, billiger als ein Auto und kleiner als ein Motorrad. Nur eines sollte man auf einem Moped nicht tun: schlafen. Auf dem Weg zur WG war Laura mehrmals kurz davor einzunicken. Jedes Mal rutschte sie gefährlich auf die Seite, ehe sie die Augen wieder aufriss.

Zu allem Überfluss fing es auch noch an zu nieseln. Es dauerte eine halbe Ewigkeit, bis Alex vor ihrem Haus anhielt und den Motor abstellte.

Zitternd, müde und mit pochenden Schläfen stieg Laura ab und gab Alex den Ersatzhelm zurück.

„Danke“, sagte sie leise. „Wir sehen uns am Freitag.“

„Laura?“

Sie blieb stehen.

„Was ist?“

„Ich würde gerne mit dir reden.“

„Nicht heute, ja?“ Laura unterdrückte ein Gähnen. „Ich bin todmüde. Ruf mich morgen an.“

„Okay.“

Während sie die Haustür aufschloss, hörte Laura Alex wegfahren und fragte sich, worüber er wohl mit ihr reden wollte.

Als sie den Schlüssel in die Wohnungstür steckte, ging die gegenüberliegende Tür auf und Lilli kam im Bademantel heraus. Sie hatte Lockenwickler in den dünnen Haaren und war ungeschminkt.

„Ich habe auf dich gewartet, Laura", sagte sie mit fester Stimme. „Ich muss mich dringend mit dir unterhalten."

„Nicht du auch noch", murmelte Laura.

„Du warst nicht in der Schule."

„Ja, ich weiß."

„So geht das nicht weiter."

„Ja, ich weiß. Aber jetzt gehe ich erst mal ins Bett, okay?"

Lilli kam aus der Wohnung und baute sich zwischen Laura und der Wohnungstür auf.

„Normalerweise wäre das in Ordnung", sagte Lilli. „Nur dass ich mich nicht darauf verlassen kann, dass du morgen wieder hier auftauchst. Oder diese Woche."

„Ich bin morgen da."

„Laura!" Lilli kreischte jetzt fast. „Das ist wichtig."

Laura hörte wieder Musik. Und den Jubel des Publikums. Sie sah die Hände der Leute vor sich und das Strahlen auf den verschwitzten Gesichtern der anderen Bandmitglieder. Sie fühlte die stundenlange Anspannung und Anstrengung in jedem Muskel. Sie hatte Autogramme gegeben und Applaus von über hundert Menschen bekommen. Und jetzt war sie müde. Nach Tagen auf dem Fußboden eines Autos und in Kernies und Hannos Wohnung, in denen sie nur irgendwelchen Fraß gegessen und Cola getrunken hatte, fühlte sie sich wie ein menschlicher Mülleimer. Wahrscheinlich roch sie auch wie einer. Seit vier Tagen hatte sie nicht mehr geduscht oder in einem Bett geschlafen. Mit einem Ruck zog Laura Lilli von der Tür weg und drückte sie auf.

„Laura!", rief Lilli schockiert.

„Verzieh dich!", zischte Laura und knallte ihrer Betreuerin die Tür vor der Nase zu.

7. Kapitel

„Autsch!“

Mit schmerzverzerrtem Gesicht sprang Georg einen Schritt zurück und ließ Jasmin dabei los.

„Tut mir Leid“, sagte Jasmin, ohne dabei aber das nötige Mitleid erkennen zu lassen.

Ihrer Ansicht nach war Georg selbst schuld. Sie hatte ihm mehr als einmal gesagt, dass sie kein Talent fürs Tanzen hatte. Trotzdem bestand er darauf, ihr wenigstens den Walzer beizubringen.

„Schon gut“, sagte Georg und versuchte ein gequältes Lächeln. „Du hast es fast raus. Wenn du deinen Fuß das nächste Mal aufsetzt, dann bitte auf den Boden und nicht auf meine Zehen, okay?“

„Okay.“

Jasmin legte einen Arm auf Georgs Schulter und fasste mit der anderen seine Hand. Wieder zählte er.

„Eins – zur Seite, zwei – zur Seite, drei – zusammen. Wunderbar! Und eins – zur Seite, zwei – au! Verdammt nochmal!“

Auf einem Bein hüpfte Georg durchs Wohnzimmer, den anderen Fuß hielt er in der Hand.

„Wie wär’s mit einer Pause?“, fragte Jasmin grinsend.

„Gute Idee. Mann, bin ich froh, dass du nicht mehr wiegst“, sagte er. „Also ist es vermutlich keine gute Idee, dir was zu essen anzubieten. Willst du was trinken?“

„Ja, Cola bitte.“

Jasmin ließ sich vollkommen erledigt aufs Sofa fallen und versuchte, nicht daran zu denken, dass sie bei diesem blöden Ball wahrscheinlich keine Socken oder Turnschuhe anhaben würde, sondern hochhackige Abendschuhe. Wie sollte sie sich jemals diese verdammten Tanzschritte merken? Und wie sollte sie sich darauf konzentrieren können, wenn hundert Leute um sie herum tanzten oder ihr beim Tanzen zusahen?

Jasmin dachte daran, wie Laura, Magdalene und sie eine Choreografie für den Star Contest einstudiert hatten. Sie könnte es doch so machen wie damals: brav üben und sich dann am Tag vor dem großen Auftritt den Knöchel verstauchen.

Das Telefon klingelte.

„Georg!“, rief sie. „Telefon!“

„Kannst du mal rangehen, bitte?“

Jasmin hob den Hörer ab und meldete sich mit: „Bei Halm.“

„Guten Tag, hier spricht Ulrich Brock. Ich bin Annalenas Reitlehrer. Bitte regen Sie sich nicht auf, aber Annalena hatte einen kleinen Unfall.“

Jasmins Muskeln verkrampften sich.

„Sie wurde abgeworfen und hat sich am Bein verletzt. Wir haben einen Krankenwagen gerufen, und sie ist jetzt auf dem Weg ins Marienhospital.“

„Okay, danke“, hauchte Jasmin.

„Es tut mir wirklich sehr Leid, dass das passiert ist.“

„Ja, ja, schon gut.“

Jasmin legte auf und raste in die Küche. Dann blieb sie erst mal vor Georg stehen und wusste nicht so recht, wie sie am besten anfangen sollte.

„Was ist denn?“, fragte er besorgt. „Du bist ja ganz grün im Gesicht.“

„Nichts Schlimmes“, sagte Jasmin, obwohl sie keine Ahnung hatte, ob das stimmte. „Annalena ist vom Pferd gefallen, und sie wurde ins Krankenhaus gebracht. Ins Marienhospital.“

Georg starrte sie einen Augenblick lang an, als hätte er sie nicht verstanden. Dann ließ er die Colaflasche offen stehen, machte auch den Kühlschrank nicht zu und ging in den Flur. Jasmin schloss den Kühlschrank, folgte ihm und sah zu, wie er sich Schuhe und Jacke anzog.

„Warte einen Augenblick!“, rief Jasmin. „Du solltest zuerst deine Eltern anrufen.“

Georg nickte und stürmte ins Wohnzimmer, während Jasmin sich anzog. Sie hörte seine Stimme, dann kam er wieder raus.

„Ich habe nur meinen Vater erreicht. Er weiß nicht, wann er kommen kann.“

In der Straßenbahn fing Georg an zu zittern, und Jasmin nahm seine Hände in ihre und drückte sie fest.

„Denkst du, sie ist in der Notaufnahme?“, fragte Georg. „Sie ist doch noch so klein.“

„Es ist bestimmt nichts Schlimmes“, sagte Jasmin wieder und hasste sich dafür, dass sie sich gerade noch gewünscht hatte, sie würde sich den Knöchel verstauchen. „Du wirst sehen, wir können sie sicher gleich mit nach Hause nehmen.“

Ganz so schnell, wie Jasmin es sich gewünscht hätte, ging das leider nicht. In der Eingangshalle wurden sie erst mal in die Unfallambulanz geschickt, und dort erfuhren sie nach langem Hin und Her, dass Annalena gerade beim Röntgen war. Außerdem wurde Georg von einer dicken Frau schief angesehen, weil er die Krankenversicherungskarte seiner Schwester nicht mitgebracht hatte. Sie drückte ihm einige Formulare in die Hand und deutete auf die Bankreihen, bei denen sie warten sollten.

Hier saßen eine ganze Menge Leute, die offenbar weniger schlimm verletzt waren und deshalb noch warten mussten. Einige hielte sich blutige Taschentücher an Ellenbogen, Augenbrauen, Nasen oder Beine. Andere klammerten sich mit schmerzverzerrten Gesichtern an anscheinend verletzte Gliedmaßen.

Georg starrte verwirrt auf das erste Formular in seiner Hand.

„Ich hab ihr Geburtsdatum vergessen", murmelte er fassungslos.

Jasmin sagte es ihm.

Nachdem sie sich gesetzt hatten, starrte Georg noch immer unbeholfen auf die Papiere. Jasmin nahm sie ihm schließlich aus der Hand und fing an, sie auszufüllen.

„Danke", seufzte Georg. „Weiß auch nicht, was mit mir los ist."

Jasmin bemerkte, dass er Tränen in den Augen hatte. Immer wieder fuhr er sich durch die kurzen, blonden Haare und knetete seine Hände.

Nach einer halben Stunde stand Jasmin auf und holte ihnen Kaffee. Georg wollte sich nicht vom Fleck rühren, falls Annalena zwischendurch vom Röntgen kommen sollte. Auf dem Rückweg erkundigte sich Jasmin bei der dicken Frau, die hinter einer Glaswand saß und die Formulare verteilte, wie lange es wohl noch dauern würde, bis Annalena rauskäme.

„Sie sehen doch, was hier los ist, oder nicht?“, erwiderte die Frau nicht besonders freundlich. „Wir sind total überlastet. Darum dauert alles seine Zeit. Aber keine Angst: Wir haben hier noch nie einen Patienten verloren.“ Dann warf sie einen Blick auf das Formular, das Jasmin ihr ausgefüllt zurückgegeben hatte. „Hm, zehn ist die Kleine, ja? Na, wissen Sie was? Ich kann mal kurz beim Röntgen anrufen. Ist ja kein Beinbruch.“ Sie blickte schnell auf. „Das heißt, ich habe keine Ahnung, ob es tatsächlich ein Beinbruch ist.“ Sie nahm den Hörer ab und drückte eine Taste. „Ja, Hannah hier, ich will wissen – warte mal, Akte Nummer ...“

Jasmin schaute sich inzwischen nach Georg um, aber der stierte nach wie vor mit gesenktem Kopf auf seine Hände.

„Okay, danke“, sagte Hannah hinter ihr, und Jasmin drehte sich wieder um.

„Also, es *ist* ein Beinbruch“, erklärte sie Jasmin. „Aber nur ein einfacher. Sie kriegt gerade einen Gips und kann auch schon wieder nach Hause, sobald der Gips trocken ist. Ist nicht weiter wild.“

„Vielen Dank“, hauchte Jasmin und ging zurück zu Georg.

Der unterhielt sich gerade mit einem Mann in einem schwarzen Mantel und einer Frau im roten Cape. Sie sahen beide sehr elegant und sehr aufgeregt aus. Das waren also Georgs Eltern. Eigentlich hätte Jasmin sie erst morgen Abend kennen lernen sollen.

„Hallo“, sagte Jasmin, um sich bemerkbar zu machen, und versuchte zu lächeln.

„Das ist Jasmin“, stellte Georg sie vor.

Aber ehe seine Eltern noch darauf reagieren konnten, erklärte Jasmin schnell, was sie eben erfahren hatte.

„Wenn der Gips trocken ist, können wir sie gleich mitnehmen“, beendete sie ihren Bericht.

„Gott sei Dank!“, rief Frau Halm erleichtert.

„Ich war nie sonderlich begeistert von diesen Reitstunden“, sagte ihr Mann. „Warum sollte ein normaler Mensch auf so ein riesiges Tier steigen? Wenn der liebe Gott das gewollt hätte, würden Pferde mit einem Sattel auf die Welt kommen. Und sehr viel kleiner. Und ohne diese riesigen Zähne.“

Georg lächelte. Offenbar fühlte er sich schon sehr viel besser, seit er erfahren hatte, dass sich seine Schwester nicht den Hals oder den Kopf oder alle Knochen auf einmal gebrochen hatte.

Frau Halm schnappte sich inzwischen Jasmins Hand und klopfte darauf herum.

„Vielen Dank“, sagte sie. „Vielen Dank, dass Sie sich so nett um alles gekümmert haben.“

Es war Jasmin unangenehm, von Georgs Mutter gesiezt zu werden, aber sie hatte keinen Schimmer, was sie im Moment dagegen tun konnte. Also lächelte sie nur und nickte hin und wieder höflich.

„Unsere Kinder sprechen ja beide nur in den höchsten Tönen von Ihnen“, fügte Herr Halm hinzu und strahlte Jasmin freundlich an.

Und dann ging eine Tür am Ende des Ganges auf. Ein Pfleger schob einen Rollstuhl vor sich her, auf dem Annalena thronte – mit einem breiten Grinsen im Gesicht und einem großen Gips am rechten Bein. Schon von weitem winkte sie ihrer Familie zu.

„Mama, Mama, das glaubst du nie! Der Arzt hat mir was auf den Gips gezeichnet. Und die Schwestern auch. Und wenn sie ihn abmachen, dann kann ich ihn behalten. Aber vorher dürfen alle was draufmalen. Ist das nicht cool? Hallo Jasmin!“

Frau Halm raste auf ihre Tochter zu und umarmte sie so stürmisch, dass Jasmin Angst hatte, sie könnte sich gleich noch was brechen.

Georg sagte nur lässig: „Hallo Schwesterchen.“

Jasmin verbiss sich ein Lachen. Bis vor zehn Minuten war er noch ein Häufchen Elend gewesen, aber seiner kleinen Schwester gegenüber spielte er natürlich Mister Cool.

„Wie hast du das denn bloß angestellt?“, fragte Herr Halm.

„Ich habe gar nichts gemacht“, behauptete Annalena. „Das blöde Pferd ist schuld. Es hat vergessen, dass ich oben sitze. Reiten ist doof. Ich will lieber Judo lernen. Der Arzt hat gesagt, da kriegt man beigebracht, wie man richtig fällt.“ Sie strahlte alle der Reihe nach an und verkündete dann: „Jetzt hab ich Hunger. Gehen wir Pizza essen?“

Herr Halm unterhielt sich kurz mit der Frau hinter der Glasscheibe und überredete dann den Pfleger, Georg den Rollstuhl schieben zu lassen.

„Lauf mal ganz schnell!“, forderte Annalena ihren Bruder auf.

„Mach's gut, junge Dame“, sagte der Pfleger.

„Mach ich“, verkündete sie großzügig. „Meine Familie geht jetzt mit mir Pizza essen. Stimmt's, Papa?“

„Ja“, stimmte Herr Halm zu.

„Jasmin auch?“

„Natürlich Jasmin auch“, sagte Herr Halm. „Die ganze Familie feiert deinen glorreichen Sturz!“

Georg schob den Rollstuhl in Richtung Aufzug, Frau

Halm und Herr Halm folgten ihm, und ganz zum Schluss ging Jasmin. Sie versuchte, nicht allzu glücklich zu grinsen. Schon eigenartig, dachte sie, dass sie ausgerechnet auf der Notaufnahme in Georgs Familie aufgenommen worden war.

8. Kapitel

Während Magdalene auf die Testfragen starrte, verfluchte sie Nick im Stillen. Warum hatte er sie bloß vorgestern nicht geweckt, als sie einfach eingeschlafen war? Sie konnte nicht mal die Hälfte der blöden Fragen beantworten.

Erläutern sie kurz die Anfänge der Philosophie anhand ihrer griechischen Hauptvertreter.

Sehr viel Platz hatte die Lehrerin für die Antwort nicht gelassen. Vielleicht reichte es, wenn Magdalene mal kurz was über Sokrates, Plato und Aristoteles schrieb?

Sie fing an und merkte bald, dass sie den vorgesehenen Abschnitt voll geschrieben hatte. Für den Rest ihrer Antwort musste die Rückseite des Bogens herhalten.

Nach einer halben Stunde hatte Magdalene alle Fragen beantwortet und sah sich verblüfft im Klassenzimmer um. Sie war die Einzige, die schon fertig war. Hatte sie etwas ausgelassen? Oder waren ihre Antworten nicht ausführlich genug? Aber das konnte nicht sein – sie hatte überhaupt keinen Platz mehr auf dem Zettel.

„Magdalene, wollen Sie vielleicht schon abgeben?", fragte Frau Mückenschneider.

Einige Schüler drehten sich um und starrten Magdalene an.

„Ja, ich glaube schon."

„Gut, dann können Sie jetzt gehen."

Magdalene verließ das Klassenzimmer und blieb einen Moment vor der Tür stehen. Es war totenstill. Alle hatten Unterricht. Magdalene kramte ihren Organizer aus dem Rucksack und bemerkte verblüfft, dass sie heute keine weiteren Kurse mehr hatte. Es war ein Uhr, und sie musste erst um drei im Laden sein. Fahrstunde hatte sie heute keine.

Sie hatte also zwei Stunden frei. Einfach so und ganz für sich allein. Wann war das das letzte Mal vorgekommen?

Sie dachte kurz daran, Nick anzurufen, entschied sich dann aber dagegen. Sie wollte diese zwei Stunden einfach nur allein sein. Ohne Mitbewohnerinnen, ohne Freunde, ohne Lehrer, ohne Kunden. Nur Magdalene Dorner.

Zum ersten Mal in diesem November schien draußen die Sonne von einem wolkenlosen Himmel. Es war zwar trotzdem bitterkalt, aber immerhin war ausnahmsweise mal nicht ganz Düsseldorf grau in grau.

Magdalene beschloss, von der Schule zu Fuß zum Rhein zu gehen und dann ein bisschen durch die Altstadt zu schlendern. Früher hatte sie sich nur in die Altstadt getraut, wenn sie etwas ganz Besonderes anhatte. Obwohl sie damals praktisch immer etwas ganz Besonderes angehabt hatte. Sie hatte stundenlang ihre Locken geföhnt und über Nacht auf Lockenwickler aufgezogen.

Wann hatte sie das das letzte Mal gemacht? Seit Wochen trug Magdalene fast immer Pferdeschwänze. Wann war sie nur so schrecklich uneitel geworden? Heute Morgen hatte sie sich nicht einmal geschminkt.

Sogar Lilli hatte bemerkt, dass sich Magdalene sehr verändert hatte. Sie meinte, Magdalene wäre erwachsen geworden. War da etwa wirklich etwas dran? Sie blieb vor einem Schaufenster stehen und betrachtete – ganz wie früher – nicht das, was ausgestellt war, sondern ihr eigenes Spiegelbild.

Kam es ihr nur so vor, oder war ihr Gesicht tatsächlich schmaler geworden? Mit einer schnellen Bewegung machte Magdalene ihre Haare auf und schüttelte sie. Irgendwie passten die fast ellenbogenlangen Locken nicht mehr richtig zu ihr.

Sollte sie vielleicht ...?

Nein. Magdalene hatte ihr ganzes Leben lang zu hören bekommen, wie wunderschön ihre langen roten Locken waren. Das konnte sie einfach nicht tun. Aber warum fühlte es sich dann so richtig an? Sie war unglaublich aufgeregt, als sie daran dachte. Was würden die anderen sagen? Magdalene fühlte sich innerlich so verändert, dass es ihr seltsam falsch vorkam, äußerlich die Gleiche geblieben zu sein.

Sie gab sich einen Ruck, riss sich vom Schaufenster los und hob beim nächsten Automaten Geld ab. Dann machte sie sich auf den Weg.

„Nanu!“, rief Sandra überrascht, als Magdalene den Laden betrat. „Was machst du denn hier? Ich habe dir doch erst vor drei Wochen die Spitzen geschnitten. Oder hast du’s dir überlegt und willst doch blonde Strähnchen?“

„Keine Strähnchen“, sagte Magdalene. „Ich will, dass du mir die Haare abschneidest.“

Magdalene kannte Sandra jetzt seit fast einem Jahr. Sie war die einzige Friseurin in ganz Düsseldorf, die Magdalene jemals an ihre Locken gelassen hatte. Oft hatten sie zusammen rumgesponnen, wie es sein würde, wenn Magdalene erst ein Supermodel war. Und wie sie Sandra dann einfliegen lassen würde, nach Paris oder Mailand, um sich von ihr die Haare machen zu lassen. Sandra hatte ziemlich gelassen reagiert, als Magdalene ihr erzählte, dass sie jetzt doch nicht Model werden wollte. Aber um ihre Haare hatte sie sich seitdem trotzdem noch mit der gleichen Sorgfalt gekümmert.

„Hat sich so schnell neuer Spliss gebildet?", fragte Sandra besorgt und bugsierte Magdalene auf einen Frisierstuhl.

Es war Donnerstagmittag und der Laden bis auf eine Dame unter der Trockenhaube völlig leer.

„Das hat nichts mit Spliss zu tun", erklärte Magdalene. „Ich will, dass du mir die Haare bis hierher abschneidest." Sie zeigte mit den Händen, welche Länge sie meinte.

Sandra kreischte erschrocken auf und sprang einen Meter zurück. „Bist du wahnsinnig?", keuchte sie. „Das wäre glatter Mord! Schlimmer als Mord! Ein Verbrechen! Das mache ich nicht."

Magdalene musste grinsen. „Schön", meinte sie. „Dann mach ich's eben selbst."

„Nein!", rief Sandra. „Das wäre noch schlimmer als ein Verbrechen. Das wäre eine Todsünde." Sie atmete tief durch. „Na schön", sagte sie. „Ich mach's. Aber warum willst du das unbedingt? Hat dir jemand das Herz gebrochen?"

„Nein. Meinem Herzen geht's gut, danke der Nachfrage."

Ohne weitere Worte rollte Sandra ein Waschbecken unter Magdalenes Kopf und wusch ihre Haare. Magdalene schloss die Augen und versuchte, an gar nichts zu denken.

„Was ist mit der Farbe?", fragte Sandra plötzlich.

„Welche Farbe?“

„Willst du mal was Neues probieren? Wir könnten eine Tönung machen. Wäscht sich in zwei Monaten raus. Was meinst du?“

Magdalene dachte darüber nach.

„Nein, nur kurz, keine Farbe.“

Sandra trocknete Magdalenes Haare mit einem Handtuch und kämmte sie dann gerade nach unten. Ohne die Locken waren die Haare sogar noch länger. Sie hingen zu beiden Seiten über die Armlehnen des Sessels.

„Bist du ganz sicher?“, fragte Sandra nochmal.

Magdalene blickte zum letzten Mal ihr Spiegelbild an, wie sie es seit ihrem zwölften Lebensjahr kannte. Dann nickte sie und schloss die Augen.

In den nächsten Minuten blinzelte sie nicht einmal, biss sich aber mehrmals auf die Zunge, um nicht *Stopp!* zu rufen, als sie das Schnippschnapp der Schere neben ihren Ohren hörte.

„Okay, es ist vorbei“, sagte Sandra schließlich mit belegter Stimme. „Sie sind ab. Willst du die Augen nicht aufmachen?“

„Nein.“

„Gut dann föhne ich jetzt. Willst du Locken?“

„Nein, ganz glatt, bitte.“

Es war nur ein Aufschub. Aber Magdalene hatte noch nicht den Mut, die Augen aufzumachen. Sie war es gewohnt, dass das Föhnen ihrer Haare bis zu einer Stunde dauern konnte. Als Sandra nach zehn Minuten den Föhn ausmachte, merkte Magdalene, wie leicht sich ihr Kopf jetzt anfühlte.

Sie spürte den Pinsel, mit dem Sandra kleine Härchen

von ihrem Gesicht fegte, und wusste, dass der große Moment gekommen war.

„Augen auf, Herzchen“, sagte Sandra fast ängstlich.

Und unendlich langsam öffnete Magdalene ihre Augen, um ihr neues Ich zu betrachten.

Es war kurz. Ganz furchtbar kurz. Die Haare waren völlig glatt und kinnlang. Die Enden fielen leicht nach innen. Nicht schlecht eigentlich. Es sah ganz okay aus. Ja, es war in Ordnung. Mal was anderes.

Magdalene machte den Mund auf, um es Sandra zu sagen. Und brach hemmungslos in Tränen aus.

9. Kapitel

Es war ein richtiger Hindernislauf gewesen, Lilli in den letzten Tagen aus dem Weg zu gehen. Einmal hatte sich Laura sogar im Schrank verstecken müssen. Sie konnte sich gut vorstellen, dass Lilli stocksauer auf sie war. Vielleicht wäre Laura sogar bereit gewesen, sich bei Lilli zu entschuldigen. Aber irgendwie hatte Laura eine Ahnung, was Lilli ihr sagen wollte. Und genau das wollte Laura nicht hören.

Wenn Lilli gewusst hätte, dass sie einen unbekannten Verbündeten in Alex hatte, hätte sie sich vielleicht weniger Sorgen gemacht. Aber auch ihm war Laura sorgfältig aus dem Weg gegangen. Das hatte sich als sehr viel leichter entpuppt. Sie hatte seine Anrufe einfach nicht angenommen.

Lächerlich, wie er sich aufführte – als ob er ihr großer Bruder wäre! Bei Lilli war diese übertriebene Sorge ja noch irgendwie verständlich. Immerhin wurde sie dafür bezahlt. Doch Alex war ganz umsonst unerträglich aufdringlich.

Was hatten sie nur alle dagegen, dass Laura glücklich war? Sie hatte dem Glück der anderen doch auch nie im Weg gestanden. War sie es nicht gewesen, die als Erste Verständnis für Felipe gehabt hatte, als er nach Berlin gehen wollte? Hatte sie nicht Magdalene angefeuert, den neuen Job anzunehmen? Sogar die Idee mit den Fahrstunden war von Laura gekommen. Warum wollten alle Laura jetzt den Spaß verderben? Sahen sie nicht, dass sie nichts anderes wollte, als auf einer Bühne zu stehen? Die konnten sie alle mal kreuzweise!

Wenigstens Silk, Hanno und Kernie verstanden sie. Auf ihren Gesichtern erkannte Laura das gleiche Leuchten wie auf ihrem eigenen, als sie von der Bühne im Haus der Jugend herunterstiegen, um Hände zu schütteln und Autogramme zu geben.

Lauras Glück war perfekt, als sie auch noch Cynthia weiter hinten im Publikum entdeckte. Das Leben konnte einfach nicht besser sein!

Zugegeben, gestern und heute in der Schule hatte sie das nicht ganz so gesehen. Laura war sogar zum Direktor zitiert worden. Aber sie hatte sich genauso rausgewunden wie immer. Was wusste der denn schon? Sobald Laura über Frauenbeschwerden gesprochen hatte, war er rot angelaufen und hatte nur verständnisvoll genickt. Jetzt brauchte nur noch Lilli die Klappe zu halten.

„Hi Laura."

Cynthia hatte sich mit Tritten und Ellenbogenstößen bis zu ihr vorgearbeitet.

„Du warst echt genial!"

„Danke!" Laura lächelte sie glücklich an.

„Hast du vielleicht Lust, ein bisschen rauszugehen?", fragte Cynthia leise. „Ich hab was zu trinken dabei."

„Kriegt man hier denn sonst nichts?"

„Nur Limonade und so", sagte Cynthia. „Damit die Jugend nicht verdorben wird."

Laura sah sich nach den anderen *Apple Biters* um, aber die waren noch im Gedränge verkeilt. Also folgte sie Cynthia nach draußen.

Es war bestimmt bitterkalt, doch nach der Hitze im Veranstaltungsraum kam es Laura vor der Tür angenehm kühl vor.

Cynthia kramte in ihrem Rucksack und holte schließlich eine große Flasche Wodka hervor. Die Flüssigkeit darin war allerdings nicht durchsichtig, sondern gelblich.

„Ich hab die Hälfte umgefüllt und mit Orangensaft aufgegossen", erklärte sie und reichte Laura die Flasche. „Magst du Wodka Orange?"

Zusammen schlenderten sie die Straße entlang und ließen sich schließlich auf einer Bank an einer Bushaltestelle nieder. Dann tranken sie ein paar Schlucke.

„Zigarette?", fragte Cynthia. Laura nickte und ließ sich von Cynthia Feuer geben.

„Wie lange machst du das eigentlich schon?", wollte Cynthia wissen.

„Was? Rauchen und Trinken?"

„Nein, Singen."

„Bei den *Green Apple Biters* bin ich seit ein paar Monaten", sagte Laura. „Davor hatte ich Gesangsstunden. Hab ich beim Star Contest gewonnen."

„Cool."

Sie schwiegen eine Weile und reichten wieder die Flasche hin und her.

„Soll ich dir meine Telefonnummer geben?“, fragte Cynthia.

Laura nickte und kramte nach einem Zettel, aber Cynthia schnappte sich ihre Hand und schrieb die Nummer mit Filzstift darauf.

„Sag mal, was sagen eigentlich deine Eltern dazu, dass du all diese Auftritte hast?“

„Meine Mutter ist tot“, sagte Laura. „Meinen Vater kenne ich nicht.“

„Cool“, sagte Cynthia.

Laura verstand nicht, was Cynthia daran cool fand. Aber es gefiel ihr einfach zu gut, dieses Wort zu hören, um sich großartig Gedanken darüber zu machen.

„Das glaubt mir sicher keiner, dass ich hier mit dir gesessen und gequatscht habe“, meinte Cynthia allen Ernstes. Im selben Atemzug fragte sie: „Hast du eigentlich einen Freund?“

Laura verschluckte sich fast am Wodka. „Nein. Ich hatte noch nie einen Freund. Nicht richtig jedenfalls.“

Cynthia zögerte kurz, dann fasste sie sich ein Herz.

„Und eine Freundin?“

Laura dachte sofort an Bianca. Einen Frühling lang war sie ihre beste Freundin gewesen. Dann hatten sie sich irgendwie aus den Augen verloren. Sie gingen immer noch in die gleiche Klasse, tauschten aber höchstens mal Belanglosigkeiten aus. Eigenartig, dass sie so lange nicht mehr an Bianca gedacht hatte.

„Nein, auch keine Freundin“, sagte Laura.

Cynthia lächelte sie schüchtern an und hauchte: „Cool.“

Aber ehe Laura noch irgendwie darauf reagieren konnte, hörte sie Silk ihren Namen grölen.

„Hier!“, rief sie zurück.

„Ich muss sowieso los“, sagte Cynthia schnell und sprang auf. „Wir sehen uns bei deinem nächsten Gig.“ Wieder drückte sie Laura einen Kuss auf die Wange und huschte davon.

Mit großen Schritten kam Silk jetzt auf Laura zu.

„Tut mir Leid, ich wollte deine Freundin nicht vertreiben“, sagte er. „Hast du heute noch was vor?“

„Eigentlich nicht.“

„Willst du ein bisschen mit mir rumhängen? Ist doch noch zu früh, um nach Hause zu gehen, oder?“

„Absolut.“

„Was hast du da in der Flasche?“

„Auch Absolut. Absolut Wodka.“

„Nicht schlecht.“

Sie sammelten Hanno und Kernie ein, ihre Jacken und Rucksäcke, verabschiedeten sich von Alex, der Laura noch einen vorwurfsvollen Blick zuwarf, und stiegen dann in den Band-Bus.

Zu Lauras völliger Überraschung wurden sie von Hanno und Kernie am Flughafen abgesetzt.

„Was soll das denn?“, fragte Laura, als Hanno und Kernie wegfuhren. „Schenkst du mir einen Überraschungstrip nach Paris?“

„Zum Teil richtig“, erklärte Silk trocken. „Überraschung ja, Trip ja, Paris nein.“

Mit einem komischen Gefühl im Magen folgte sie Silk um das Flughafengebäude herum. Laura war noch nie am Flughafen gewesen. Sie war auch noch nie in einem Flugzeug gewesen. Eigentlich war sie noch nie irgendwo gewesen. Aber das schien Silk nicht besonders zu interessieren.

Er blieb schließlich vor dem Zaun stehen und starrte nach draußen auf die Start- und Landebahnen.

Laura musste zugeben, dass der Anblick wirklich faszinierend war. Im Minutentakt hoben hier die Flugzeuge ab oder landeten.

Silk blickte sich suchend um, entdeckte ein Auto und ließ sich dann auf der Motorhaube nieder.

„Das hat keine Alarmanlage", erklärte er und klopfte neben sich. „Setz dich."

Zögernd folgte Laura seiner Aufforderung.

„Schön hier, oder?"

„Silk, hör auf damit! Was machen wir hier?"

„Wir sitzen auf der Motorhaube eines Autos und beobachten Flugzeuge, die starten und landen."

„Du willst mit mir reden!" Laura vergrub den Kopf in den Händen. „Die ganze Woche laufe ich vor Lilli davon, gehe nicht ans Telefon, damit ich nicht mit Alex reden muss, und dann fällst ausgerechnet du mir in den Rücken."

„Hör auf rumzuspinnen!", sagte Silk gelangweilt und schnappte sich die Wodkaflasche. „Worüber sollte ich denn mit dir reden wollen?"

Laura seufzte. „Darüber, dass ich die Schule geschwänzt habe, dass ich kaum noch in der WG bin, dass ich meine Mitbewohnerinnen so gut wie nicht mehr sehe, dass ich zu viel trinke und rauche und nur noch mit der Band rumhänge."

„Aha." Silk runzelte die Stirn und dachte offenbar angestrengt nach. „Warum sollte mich das interessieren?"

Laura schwieg verblüfft.

„Du findest also nicht, dass ich mich verändert habe?“, fragt sie gespannt.

„Doch. Aber das schiebe ich auf einen neuen großen Einfluss in deinem Leben. Auf mich.“

„Was?“

„Na, ist doch klar. Du pennst den ganzen Tag, säufst wie ein Loch, rauchst wie ein Schlot und kümmerst dich einen Dreck um andere. Du bist genau wie ich.“

Nichts hätte Laura mehr treffen können. Sie sollte wie der versoffene Penner Silk geworden sein?

„Wenn ich dich ansehe“, fuhr Silk fort, „dann sehe ich mich selbst vor fünf Jahren.“ Silk war gerade mal zweieinhalb Jahre älter als Laura. „Ich hab meinen Schlagzeugunterricht abgebrochen, die Schule vor dem Abi geschmissen und mein ganzes Geld für Klamotten und Autogrammkarten ausgegeben.“ Er grinste Laura an. „Und es nicht eine Sekunde lang bereut.“

„Hm.“

„Was hm?“, fuhr Silk sie an. „Ich bin am Ziel meiner Träume. Ich hab Auftritte, kriege Geld dafür, wohne umsonst und werde ständig auf Drinks eingeladen.“

Laura musste plötzlich grinsen. Langsam dämmerte ihr, was Silk vorhatte.

„Du bist aufgeflogen, Stinker!“

„Womit?“

„Du willst, dass mir klar wird, dass ich noch ganz am Anfang stehe. Ich soll aufpassen, damit ich nicht abhebe, weil ich mir sonst meine Chancen auf mehr verbaue.“

Silk starrte sie mit offenem Mund an. „Bin froh, dass wir darüber gesprochen haben“, sagte er. „Worüber auch immer.“

„War es nicht das, was du mir sagen wolltest?“

„Klingt nicht nach mir. Ich hätte eher gesagt: Bleib mit den Füßen am Boden, oder du fliegst mit der Schnauze in den Dreck.“

Laura nickte. „Auch schön.“

10. Kapitel

„Meine Güte“, stöhnte Georgs Mutter. „Das ist ja wirklich unglaublich, was ihr Mädchen so alles mitgemacht habt!“

„Ach, so wild war das auch wieder nicht“, sagte Jasmin.

„Nicht so wild?“ Frau Halm schenkte Jasmin Kakao nach und schob den Teller mit den Keksen näher an sie heran. „Aber ihr habt das ja immer ganz großartig gelöst. Allein die Sache mit Gwendolyn und ihrem Stiefvater – das klingt ja wie aus einem schlechten Film!“ Sie schüttelte den Kopf. „Es muss sehr schlimm für euch sein, dass euer Betreuer weggezogen ist. Er ist ja wie ein Vater oder älterer Bruder für euch.“

Es fühlte sich an, als würde Georgs Mutter Jasmin mit ihren Worten streicheln. Seit einer Stunde saß sie ihr jetzt am Küchentisch gegenüber und lauschte ihren Geschichten aufmerksam.

„Wenn ich daran denke, dass mir und meinem Mann etwas passieren könnte, und Georg und Annalena wären ganz allein.“ Sie schüttelte sich. „Schrecklich.“

„Ihnen passiert ganz sicher nichts“, erwiderte Jasmin lächelnd.

„Trotzdem. Es wäre gut zu wissen, dass meine Kinder genauso gut auf sich aufpassen können wie du und deine beiden Mitbewohnerinnen."

„Das können sie. Ich meine, das könnten sie. Ganz sicher."

Georg steckte den Kopf durch die Küchentür. „Jasmin? Kommst du mal?"

Jasmin hatte absolut keine Lust aufzustehen. Sie fühlte sich gerade so wohl, dass sie am liebsten bis in alle Ewigkeit an diesem Tisch sitzen geblieben wäre.

„Was gibt's denn?", fragte sie widerwillig.

„Gar nichts", gab Georg mürrisch zurück. „Ich wollte nur mal kurz mit meiner Freundin reden."

„Mamaaa! Jaasmin!"

Aus dem Wohnzimmer hörten sie das Tack-tack von Annalenas Krücken auf dem Parkettboden. Dann schob sie sich an Georg vorbei in die Küche.

„Mir ist so langweilig. Spielen wir was?", quengelte sie.

In der Schule war Annalena der absolute Star. Jeder wollte gerne etwas auf ihren Gips malen oder zum hundertsten Mal hören, wie Annalena vom Pferd abgeworfen wurde und im Krankenwagen mitfahren durfte. Aber heute war Sonntag, und Annalenas Mitschüler waren nicht greifbar. Lustlos hatte sie ein bisschen Computer gespielt, dabei aber immer wieder geächzt und gestöhnt, als hätte sie unerträgliche Schmerzen.

„Was willst du denn spielen, Schatz?", fragte ihre Mutter.

„Weiß nicht. Aber alle sollen mitspielen."

Georg verdrehte die Augen.

„Wie wär's mit *Mensch ärgere dich nicht*?", schlug ihre Mutter vor.

„Geht nicht“, sagte Georg. „Annalena hat das Spielbrett durchgerissen, als sie letztes Mal verloren hat. Außerdem hat sie ein paar Figuren geschluckt.“

Jasmin lachte.

„Dann vielleicht *Monopoly*“, sagte Georgs Mutter.

„Na schön.“ Georg verschwand aus der Küche und kam ein paar Minuten später mit dem Spiel zurück. „Papa sagt, ich soll behaupten, er schläft.“

„Drückeberger!“, rief Georgs Mutter Richtung Wohnzimmer.

Als Antwort kam ein lautes Schnarchen zurück.

Georg begann, das Spiel aufzubauen. Plötzlich fiel ihm etwas ein.

„Ich hab dir gar nicht erzählt, dass Luka vor ein paar Tagen bei einem Konzert von Lauras Band war.“

„Wer ist Laura?“, fragte Annalena.

„Jasmins Mitbewohnerin“, erklärte ihre Mutter.

„Und Luka?“

„Ein Mitschüler von Georg und Jasmin.“

„Und warum gibt Laura Konzerte?“, hakte Annalena nach.

„Sie ist die Sängerin der *Green Apple Biters*“, sagte ihre Mutter.

„Cool.“

„Wo hat er sie denn gesehen?“, erkundigte sich Jasmin.

„Im Sherlock’s.“

„Dieser irische Pub?“

„Reden wir nachher darüber, okay?“, sagte Georg und warf einen viel sagenden Blick auf seine kleine Schwester.

„Ich fang an!“, rief Annalena und schleuderte ihre Würfel quer über den Tisch.

Eine halbe Stunde später besaß sie zwei Dutzend Hotels rund um den Spielplan, sämtliche Bahnhöfe und – aufgrund einer kurzfristigen Regeländerung – das Gefängnis.

„Ich bin pleite", verkündete Georg schließlich und drückte Annalena seine letzten Geldscheine in die Hand.

Jasmin würfelte eine Fünf und stöhnte auf. „Nicht schon wieder! Gibt es denn überhaupt keine Felder, die dir nicht gehören?", fragte sie Annalena.

„Du kriegst einen Rabatt", verkündete Annalena großzügig. „Halber Preis. Das macht dann nur 800 Euro."

„Vielen Dank", sagte Jasmin und drückte ihr fast ihr ganzes Geld in die Hand.

„Gehen wir in mein Zimmer?", fragte Georg leise.

„Ich bin noch nicht ganz pleite", sagte Jasmin. „Wenn ich es noch einmal über Los schaffe, habe ich vielleicht wieder eine Chance."

„Viel Glück."

Unter dem verblüfften Blick seiner Mutter und dem schadenfrohen Grinsen seiner Schwester verließ Georg die Küche. Jasmin schaute ihm einen Augenblick mit gerunzelter Stirn nach. Doch dann freute sie sich mit Frau Halm, die es geschafft hatte, sich auf ein Feld zu würfeln, das nicht Annalena gehörte.

Was hatte Georg nur? Störte es ihn etwa, dass Jasmin sich gut mit seiner Familie verstand? Es war doch seine Idee gewesen, sie ihnen vorzustellen. Jungs waren wirklich eigenartig.

„Willst du einen Kredit aufnehmen?", erkundigte sich Annalena verschmitzt bei Jasmin.

Jasmin wandte sich an Annalenas Mutter. „Sollte eine Zehnjährige wissen, was ein Kredit ist?"

„Tja, unsere Erziehung hat offenbar total versagt."

Sie grinste Jasmin an, und die grinste genauso breit zurück.

Draußen hatte es inzwischen angefangen zu regnen, und die schweren Tropfen prasselten gegen das Küchenfenster. Jasmin hatte eine frische Tasse dampfenden Kakao vor sich und fühlte sich so warm und geborgen wie seit Jahren nicht mehr.

Aber das konnte sie Annalena natürlich nicht erzählen, als sie ihr fünf Minuten später ihr letztes Geld überreichte und der kleine Quälgeist fragte: „Du hast gerade verloren! Warum grinst du denn die ganze Zeit?"

Jasmin zuckte nur die Schultern und grinste weiter.

11. Kapitel

Magdalene war sich absolut sicher, dass sie nie beim ADAC anfangen wollte. Also warum zur Hölle musste sie wissen, wie breit Sommer- oder Winterreifen waren? Wen interessierte so was denn?

Es war Montag, und sie hatte bereits sechs Stunden Schule und zwei Theoriestunden in der Fahrschule hinter sich.

„Sie haben einen Schnellkurs bezahlt", hatte man sie in der Fahrschule belehrt. „Also sollten Sie sich nicht beschweren, dass sie so viel auf einmal zu lernen haben."

Magdalene hatte nur freundlich gelächelt und verständnisvoll genickt. Drei Tage die Woche mit zickigen Kunden umgehen zu müssen, hatte mehr Lerneffekt gehabt, als sie gedacht hatte.

Trotzdem gab es immer noch etwas, was Magdalenes Aufmerksamkeit ablenkte. Alle zwei Minuten fuhr sie sich durch die Haare oder tastete nach den Spitzen.

Es war jetzt vier Tage her, seit sich Magdalene von ihren langen Haaren getrennt hatte. Jeden Morgen, wenn sie aufwachte, benommen ins Badezimmer trottete und in den Spiegel blickte, hätte sie beinahe laut aufgeschrien. Noch immer hatte sie sich nicht ganz daran gewöhnt, dass ihre Haare nur noch kinnlang waren. Jasmin hatte ihr tausend Mal versichert, dass sie jetzt sogar noch besser aussah. Herr Wolf war geradezu begeistert von Magdalenes neuem Look gewesen. Und in der Schule hatte sie von allen Seiten auch nur Komplimente geerntet.

„Vorher hat man zuerst deine schönen Haare gesehen", hatte Nick erklärt. „Jetzt sieht man zuerst dein hübsches Gesicht. Die Haare haben irgendwie davon abgelenkt."

Trotzdem war Magdalene immer noch nicht ganz überzeugt, dass sie die richtige Entscheidung getroffen hatte.

„Schön, dass du da bist!", rief Isa. „Auch noch fünf Minuten zu früh! Du bist die beste Kollegin, die ich je hatte."

Isa war die zweite Angestellte von Herrn Wolf. Sie arbeitete vormittags und an den Tagen, an denen Magdalene frei hatte. Sie war dreißig, dünn und hatte das Gesicht einer Ziege. Magdalene begegnete ihr leider nur, wenn sich ihre Schichten kreuzten. Sie mochte Isa wirklich gern und wünschte sich, sie würden wenigstens hin und wieder zusammen arbeiten.

„Hab ich dir schon gesagt, dass deine neue Frisur göttlich ist?", fragte Isa.

„Ungefähr dreimal", gab Magdalene zurück. „Und hab ich dir schon gesagt, dass ich es trotzdem gern höre?"

„Dreimal. Also, mach's gut. Und lass dich nicht unterkriegen. Ich muss jetzt los. Ich habe einen Wasserrohrbruch in der Wohnung, und meine bescheuerte Mitbewohnerin kommt nicht mal auf die Idee, die Hausverwaltung anzurufen. Sie sitzt nur seit einer Stunde im Bad und schöpft das Wasser ab."

Damit schnappte sie sich ihren Mantel und war auch schon draußen.

Magdalene hängte ihren eigenen Mantel auf und ging gerade hinter den Verkaufstresen, als sich der Vorhang öffnete und Herr Wolf herauskam.

„Hallo", sagte Magdalene. „Wie geht's Ihnen?"

„Grauenhaft, danke der Nachfrage." Er legte beide Hände um seinen runden Bauch. „Meine Frau hat mich auf Diät gesetzt." Er verzog das Gesicht. „Aber Sie sehen großartig aus. Wunderbar, die neue Frisur!"

„Danke."

„Hören Sie, Magdalene, ich habe da eine kleine Überraschung für Sie. Ich weiß, als Verkäuferin wollten Sie hier eigentlich nicht anfangen. Also habe ich mir gedacht, ich lasse Sie heute mal fotografieren."

„Passfotos?"

„Nein, nein. Familienporträts. Ist nicht viel spannender – aber wenigstens ein bisschen. Die Leute kommen in einer halben Stunde. Ich hab ein Treffen mit meinem Sprössling."

„Reinhard ist in der Stadt?"

„Seit heute Morgen. Er war in Vietnam. Fragen Sie mich bloß nicht, was er da zu suchen hatte. Wir gehen gleich zusammen essen." Er grinste. „Und das bleibt absolut unter uns."

„Okay."

„Also, viel Glück mit den Fotos. Das sind wichtige Kunden. Denken Sie daran, den Laden abzuschließen, falls ich nicht früh genug zurück bin?“

„Sicher.“

„Gut. Ich verlasse mich also auf Sie.“

Er setzte sich seinen schwarzen Hut auf, zog den schwarzen Mantel an und verschwand aus dem Laden.

Er war gerade mal fünf Minuten weg, als Magdalene auf dem Tresen seine Handschuhe und seine Brieftasche bemerkte.

„Wenn sein Kopf nicht angewachsen wäre ...“, murmelte Magdalene.

Sie legte die Sachen hinter die Kasse und dachte an Reinhard. Er war also wieder in der Stadt. Sie hatte ihn seit Monaten nicht mehr gesehen, aber mehr als einmal an ihn gedacht. Ob er in ihr immer noch nur ein kleines Mädchen sah? Würde Magdalene ihn überhaupt treffen? Es gab schließlich keinen Grund für ihn, in den Laden seines Vaters zu kommen. Ob Herr Wolf ihm erzählte, dass Magdalene jetzt für ihn arbeitete? Oder sagte er nur, dass er eine neue Aushilfe eingestellt hatte?

Das Glöckchen über der Ladentür klingelte, und vier Leute kamen herein. Ein Ehepaar, ein Mädchen und ein Junge. Das Mädchen war vielleicht vierzehn, der Junge höchstens neun. Das musste schon die Familie sein, von der Herr Wolf erzählt hatte.

„Blöming“, sagte der Mann auch sofort. „Wir hatten einen Termin mit Herrn Wolf für Familienfotos.“

„Kommen Sie bitte weiter“, sagte Magdalene nervös. „Hinter den Vorhang.“ Sie schloss die Ladentür ab und folgte der Familie dann in den Fotoraum.

„Wo ist denn Herr Wolf?“, erkundigte sich Frau Blöming.

„Äh ... er ist nicht hier. Ich werde die Fotos machen.“

„Wir können auch ein andermal wiederkommen“, sagte ihr Mann unsicher.

Magdalenes Mut sank unter den Fußboden.

Trotzdem zwang sie sich, selbstbewusst zu erwidern: „Das ist schon in Ordnung. Herr Wolf hat mir genaue Anweisungen gegeben. Wollen Sie sich da drüben hinsetzen, bitte?“

Sie tat genau, was sie bei Herrn Wolf immer gesehen hatte. Sie setzte die Eltern auf die Bank vor der Hintergrundfolie. Die beiden Kinder platzierte sie zunächst hinter den Eltern. Sie leuchtete genau aus, maß die Belichtungszeit, steckte die Kamera auf das Stativ und schraubte das Objektiv auf.

Und die ganze Zeit beobachtete die Familie Blöming sie mit wachsender Besorgnis. Als ob auch nur einer von denen wüsste, wie man die Kamera überhaupt scharf stellt!, dachte Magdalene erbost.

„Aufgepasst!“, rief sie schließlich. „Ich mache jetzt zuerst ein Polaroid. Auf drei. Eins – zwei – drei!“

Sie zog das Polaroid ab und schwenkte es, bis es fertig war. Dann hielt sie es Herrn Blöming vor die Nase. Er schien schon zufrieden zu sein, dass Magdalene überhaupt ein Bild zu Stande gebracht hatte. Denn nun lächelte er erleichtert und nickte.

„Okay, dann geht’s jetzt richtig los“, sagte sie und nahm wieder hinter der Kamera Stellung. „Ähm, Manuel und Yolanda, wenn ihr mal Lust habt zu lächeln, wäre das völlig in Ordnung.“

Kein Muskel in den Gesichtern der Geschwister regte sich.

„Lächelt!“, fauchte ihre Mutter.

Jetzt gehorchten die beiden. Sie sahen dabei allerdings aus wie geschnitzte Kürbisse. Magdalene seufzte. Was würde Herr Wolf in so einer Situation machen? Wahrscheinlich würde er irgendwelche lustigen Sprüche loslassen. Aber was sollte Magdalene ihnen schon Witziges erzählen?

Also fing sie ganz einfach an zu plappern. Sie erzählte ihnen von ihren Versuchen, Model zu werden, von Lauras tausend Diäten, von Jasmins Kochversuchen. Und ehe sie sich versah, lachte sich ihr Publikum schlapp, und Magdalene hatte zwei Filme verschossen.

„Tja, das war's dann“, erklärte sie schließlich erleichtert.

„Schon?“ Manuel sah enttäuscht aus. „Das ist viel schneller gegangen als letztes Jahr.“

„Das ist dir nur so vorgekommen“, sagte sein Vater. „Wir waren fast eine Stunde hier.“

Sie schüttelten Magdalene nacheinander die Hand und gingen dann durch den Vorhang wieder zurück in den Verkaufsraum.

„Wann werden die Fotos fertig sein?“, erkundigte sich Herr Blöming.

„Spätestens Donnerstag. Oder brauchen Sie sie früher?“

„Nein, Donnerstag ist in Ordnung.“

In bester Laune verließ die Familie Blöming den Laden, und Magdalene bemerkte überrascht, dass die Ladentür offen war. Hatte sie die nicht vorher abgesperrt? Wie blöd von ihr! Die Leute hätten ihr problemlos die Bude ausräumen können.

Sie drehte sich um und ging zurück in den Fotoraum, um aufzuräumen, als sie plötzlich eine Bewegung wahrnahm und sich vor Schreck fast in die Hose machte.

„Das war äußerst beeindruckend“, sagte eine Stimme, und eine hohe Gestalt löste sich aus dem Schatten hinter dem Verkaufstresen. „Ein paarmal musste ich aufpassen, nicht laut zu lachen.“

„Wie bist du denn reingekommen?“, piepste Magdalene verwirrt.

„Mit den Schlüsseln meines Vaters. Er hat seine Handschuhe vergessen.“

„Und seine Brieftasche.“

Er lachte. „Nein, das war Absicht. Er wollte wohl sicher gehen, dass ich ihn wirklich zum Essen einlade.“ Dann änderte sich sein Tonfall: „Schön, dich zu sehen, Magdalene.“

Sie lächelte ihn an und sagte dann möglichst förmlich: „Ich freue mich auch, dich zu sehen, Reinhard.“

Reinhard trat einen Schritt vor und fuhr mit zwei Fingern durch eine ihrer Haarsträhnen. „Mein Vater hatte Recht: Die neue Frisur ist umwerfend.“

12. Kapitel

Laura fragte sich, welcher Teufel sie geritten hatte, heute in die Schule zu gehen. Es kam ihr vor, als hätte in der Zwischenzeit jeder Chinesisch gelernt, nur sie nicht.

Physik war schon schlimm gewesen, aber jetzt in Mathe wollte Laura am liebsten aufspringen und schreien. Sie war immer gut in Mathe gewesen, und plötzlich verstand sie kein einziges Wort.

Ihr Lehrer faselte die ganze Zeit von Kurven, bis sie sich

fragte, ob sie versehentlich in Magdalenes Fahrschule gelandet war. Das Schlimmste war, dass der Rest der Klasse scheinbar ganz gut mitkam. Nur Laura verstand Bahnhof.

Nach zehn Minuten fing sie an, Kringel in ihr Heft zu malen und sich zu überlegen, was Silk, Kernie und Hanno wohl gerade trieben. Sicher irgendwas, das Spaß machte. Hanno und Kernie würden sich totlachen, wenn sie Laura jetzt sehen könnten.

Was hatte sie eigentlich hier zu suchen? Sie wollte Popstar werden und auf MTV ihre eigenen Videoclips bewundern. Wozu sollte sie denn bitte schön die genaue Krümmung einer Kurve berechnen können? Sie würde auch so wissen, wie steil ihre Karriere anstieg und wann sie ganz oben war. Ob es wohl auffiel, wenn sie auf die Toilette ging und einfach nicht zurückkam?

„Und so kommen wir auf den Sinus von x, der in diesem Fall lauten muss ... Laura!"

„Ja?"

Sie war so in Gedanken versunken gewesen, dass sie ein paar Sekunden brauchte, bis sie begriff, dass Herr Larbert sie aufgerufen hatte.

„Wie lautet in diesem Fall der Sinus von x?"

„Gute Frage", sagte Laura nachdenklich.

„Danke. Und die Antwort?"

Laura starrte kurz an die Tafel. „Keine Ahnung. Was meinen Sie denn?"

Die Klasse lachte.

„Wie schön, dass du uns heute mit deiner körperlichen Anwesenheit beehrst", sagte ihr Lehrer trocken. „Sag Bescheid, wenn du auch geistig da bist, ja? Wir geben dir dann eine Willkommensparty."

„Als ob Sie wüssten, was das ist“, murmelte Laura.

„Wie bitte?“

„Nichts.“

Herr Larbert trat jetzt vor ihren Tisch und sah Laura mit gerunzelter Stirn an. „Was weiß ich nicht? Was geistige Anwesenheit oder was eine Party ist?“

Laura zuckte die Schultern.

„Sie irren sich in jedem Fall“, sagte er leise. Laura ahnte, dass der plötzlich Wechsel zum Sie kein gutes Zeichen war.

„Gut. Bitte“, sagte Laura schnippisch, um nicht ganz klein beizugeben.

„Wir unterhalten uns am besten nach der Stunde weiter.“

„Nach der Stunde gehe ich nach Hause“, antwortete Laura.

„Sagen Sie, Laura, wen wollen sie eigentlich auf den Arm nehmen? Hoffentlich nicht mich, denn da heben Sie sich einen Bruch“, sagte er mit einem ungemütlichen Grinsen. „Sie sind nicht mehr schulpflichtig.“ Er deutete mit einer ausladenden Armbewegung auf die ganze Klasse. „Wer jetzt noch hier sitzt, der will Abitur machen. Wenn Sie das nicht wollen, gehen Sie.“

„Was?“

„Gehen Sie!“, rief Herr Larbert aufgebracht und deutete auf die Tür. „Auf Wiedersehen.“

Plötzlich war es ganz still im Raum geworden. Laura spürte, wie sie knallrot anlief. Sie bückte sich, packte ihre Sachen in den Rucksack und marschierte unter den stechenden Blicken ihrer Klassenkameraden zur Tür hinaus.

Sie konnte es einfach nicht fassen. Da beschloss sie doch allen Ernstes, ohne Zwang und ganz von sich aus, in die Schule zu gehen. Und dann wurde sie rausgeschmissen.

Was sollte das denn nur heißen? Wollte ihr dieser blöde Lehrer etwa sagen, dass sie das Abitur bei ihm nicht schaffen würde? Oder vielleicht überhaupt kein Abitur? Und warum machte ihr das so wenig aus? Es war schließlich nicht so, dass Laura nichts anderes zu tun hatte.

Sie rannte fast aus dem Schulgebäude und zur Straßenbahnhaltestelle.

Wenn sie in der Schule nicht willkommen war, dann fuhr sie eben zu Silk. Wahrscheinlich würde sie ihn aufwecken müssen, aber das störte ihn sicher nicht. Es gab eben doch noch Leute, die gerne Zeit mit Laura verbrachten.

Verdammte Schule! Verdammte Lehrer!

Als sie aus der Straßenbahn stieg, wurde Laura bewusst, dass sie sich eine Geschichte überlegt hatte, die sie Silk erzählen wollte. Warum? Warum wollte sie ihm nicht einfach gestehen, was passiert war? Wahrscheinlich wegen dieses eigenartigen Gesprächs neulich am Flughafen. Irgendwie hatte sie das Gefühl, dass Silk nicht applaudieren würde, wenn er erfuhr, dass sie aus der Schule rausgeschmissen worden war.

Aber ehe Laura sich darüber noch ganz im Klaren war, stand sie schon vor Silks Haustür und klingelte. Zu ihrer Überraschung war es nicht Silk, der aufmachte, sondern seine Mutter.

„Guten Tag", sagte Frau Silkens, ebenfalls überrascht. „Ich nehme an, Sie wollen zu meinem Sohn."

„Ja. Ich bin Laura. Wir wollten eigentlich proben." Warum sagte sie das? „Ist er zu Hause?"

„Dieter ist mit seinem kleinen Cousin im Zoo."

Laura musste aufpassen, nicht laut loszulachen. Dieter! Silk hasste es, so genannt zu werden. Und dann sollte er auch noch auf seinen kleinen Cousin aufpassen und zu allem Überfluss in den Zoo gehen. Was für ein Quatsch!

„Seit meine Schwester wieder arbeitet, ist Dieter ihr wirklich eine große Hilfe. Die meiste Zeit wüsste sie gar nicht, wohin mit dem kleinen Niklas."

„Aha." Laura trat von einem Bein aufs andere. „Dann habe ich wohl Pech gehabt. Auf Wiedersehen."

„Wiedersehen Laura."

Auf dem Weg zur Haltestelle musste Laura tatsächlich kichern. Dieter war seiner Tante eine große Hilfe ... Was für ein unglaublicher Schwachsinn! Wahrscheinlich hing er gerade bei irgendeinem Mädchen rum. Oder hockte in einer Kneipe.

Laura beschloss, zu Hanno und Kernie zu fahren und ihnen zu verraten, was Dieter angeblich gerade machte. Vielleicht hatten die beiden ja Lust, heute ein bisschen spazieren zu fahren. Es war so ein strahlend schöner Tag.

Als Laura bei den beiden ankam, waren sie gerade bereit zum Aufbrechen. Um elf Uhr vormittags! Laura hatte erwartet, dass die beiden noch im Bett liegen würden.

„Laura!", begrüßte Kernie sie in der Tür. „Was machst du denn hier?"

„Ja", wunderte sich Hanno. „Und um diese Zeit?"

„Solltest du nicht noch schlafen?"

„Oder in der Schule sein?"

„Oder in der Schule schlafen?"

Während Kernie und Hanno wie üblich gegenseitig ihre Aussagen ergänzten, warfen sie sich Krawatten, Brillen und Schuhe zu und zogen sie dann – wie bei einer Clownnummer – auch sofort an. Schließlich sahen sie aus wie zwei Geschäftsmänner. Okay, Kernies Haare blieben weiterhin leuchtend rot und zerstrubbelt, aber sein Brustpiercing und seine Tätowierungen waren immerhin unter dem weißen Hemd verschwunden.

Laura sah den beiden so erstaunt zu, als beobachte sie eine Raupe, die sich gerade verwandelte. Vielleicht nicht unbedingt in einen Schmetterling, aber immerhin in einen ganz akzeptablen Käfer.

„Was habt ihr denn vor?“, fragte Laura verdattert. „Ihr seht aus, als würdet ihr an der Börse spekulieren.“

„Arbeiten, Schätzchen!“, sagte Kernie.

„Ab in die Tretmühle“, meinte Hanno.

Laura verzog das Gesicht. „Bis wann denn?“

„Von halb zwölf bis halb neun“, erklärte Kernie. „Suchst du einen Job?“

„Bring sie nicht auf blöde Ideen“, brummte Hanno. „Darüber kann sie sich nach dem Abi auch noch Gedanken machen.“

Nach dem Abi? Wer war der Kerl, und was hatte er mit Hanno gemacht?

„Erzähl du mir was vom Abi!“ Laura grinste.

„Okay, was willst du wissen?“

„Was?“

„Was du wissen willst?“, fragte Hanno nochmal. „Ob es schwer ist? Ist es. Ob’s was bringt? Weiß ich nicht. Sonst noch was?“

Laura starrte von Hanno zu Kernie, der gerade den Autoschlüssel suchte. „Ihr zwei habt Abitur gemacht?“

„Klar“, rief Kernie, der den Schlüssel endlich unter dem Sofa entdeckt hatte. Dann richtete er sich auf. „Hör zu, wir müssen jetzt los, aber wenn du hier rumhängen willst, geb ich dir den Haustürschlüssel.“

„Nein, schon gut“, murmelte Laura. „Ich wollte nur mal kurz Hallo sagen.“ Sie verzog das Gesicht. „Hallo.“

„Sollen wir dich in der Stadt absetzen?“, fragte Kernie.

„Gute Idee.“

Laura folgte den beiden vor die Tür und setzte sich dann ziemlich belämmert in ihren Kleinbus. Sie fühlte sich, als hätte ihr jemand kaltes Wasser ins Gesicht geschüttet. Sie hätte jede Wette gemacht, dass Hanno und Kernie die Schule geschmissen hatten. Und jetzt hatten sie Abitur, fuhren zur Arbeit und hatten keine Zeit für Laura.

„Hoffentlich sind die Headsets frei“, sagte Kernie gerade. „Sonst muss ich wieder sämtliche Ohrringe rausnehmen und mit dem blöden Hörer telefonieren.“

„Ja“, gab Hanno zurück. „Aber die Headsets sind bei den PCs. Da telefoniere ich doch lieber mit normalen Telefonen und sitze dafür bei den Macs.“

Auf der Königsallee ließen sie Laura aussteigen und gaben ihr noch ein paar gute Tipps.

„Lass dich nicht anquatschen!“

„Mach einen Bogen um braune Häufchen auf dem Gehweg.“

„Wenn jemand Geld von dir will, geh weiter!“

„Wenn dir jemand Geld *geben* will, *lauf* weiter!“

Dann winkten sie Laura nochmal gut gelaunt zu und fuhren los. Laura blieb stehen, starrte dem Kleinbus nach und kam sich vor, als hätten Hanno und Kernie sie auf dem Mond ausgesetzt und nicht in der Düsseldorfer Innenstadt.

Mit gesenktem Kopf schlenderte sie die Prachtstraße entlang und machte sich nicht mal die Mühe, in die Schaufenster zu sehen. Wie hatte ihre Stimmung nur so schnell umschlagen können? Gestern hatte sie sich noch gefühlt, als wäre sie auf der Überholspur unterwegs. Und jetzt schien es ihr, als würde sie allen anderen nur hinterherhetzen.

Es gab niemanden mehr, den sie anrufen konnte. Silk war im Zoo, Jasmin und Magdalene in der Schule, Hanno und Kernie bei der Arbeit. Jeder hatte was zu tun – nur Laura nicht.

Sie starrte auf ihre Hände, und mit einem Mal fiel ihr ein, wen sie anrufen konnte.

Sie ging in die nächste Telefonzelle, kramte den Zettel aus ihrer Hosentasche, auf den sie sich die Nummer von ihrer Hand abgeschrieben hatte, und wählte die Handynummer. Dann hätte sie sich beinahe gegen die Stirn geschlagen. Sie würde nicht drangehen. Sicher war sie auch gerade in der Schule und hatte ihr Handy gar nicht eingeschaltet.

„Hallo?", meldete sich Cynthias Stimme.

„Äh ... hi. Hier spricht Laura. Ich dachte, ich meine, ich störe dich sicher gerade, aber ich wollte –"

„Laura! Ich dachte schon, du würdest dich nicht melden. Das ist super!"

„Wo bist du denn gerade?", fragte Laura.

„In der Schule. Ich hab Pause. Und wo bist du?"

Laura sah sich um. „Königsallee. Vor dem großen Douglas. Ich wollte eigentlich nur –"

„Ich bin in zwanzig Minuten da", rief Cynthia und legte auf.

Laura hängte den Hörer ein und trat aus der Telefonzelle. Es war Mittwoch, der 22. November, und die Leute liefen in Anoraks und Wintermänteln herum und trugen Handschuhe und Schals.

Aber Laura hätte schwören können, es wäre Frühling.

13. Kapitel

Jasmin war so müde, dass sie in der letzten Stunde beinahe einschlief. Sie hatte nach der sechsten Stunde eine Stunde frei gehabt und dann nochmal zwei Stunden Englisch. Es war jetzt fünf Uhr nachmittags und bereits fast dunkel draußen.

Jasmin war heilfroh, dass sie gleich nach Hause gehen, ein heißes Bad nehmen und sich aufs Sofa werfen konnte. Magdalene hatte sich um zwei von ihr verabschiedet und auf den Weg zur Fahrschule gemacht. Danach musste sie in den Laden. Jasmin hatte keine Ahnung, wie Magdalene das durchhielt. Sie hatte sogar in ihrem letzten Philosophie-Test eine glatte Eins bekommen. Jasmin dagegen war schon allein mit der Schule fast überfordert.

Die Lehrer übertrafen sich gegenseitig mit Mahnungen und düsteren Prophezeiungen über die Zukunft im Allgemeinen und das Abitur im Besonderen. Wenn man nach ihnen ging, dann konnte keiner, der nicht achtundzwanzigeinhalb Stunden am Tag lernte, auch nur darauf hoffen, eine einzige Prüfung zu bestehen.

Die anderen Schüler schienen diese Ankündigungen, je öfter sie ausgesprochen wurden, umso gelassener zu nehmen. Aber Jasmin war bis zum Zerreißen angespannt. Die einzigen Stunden, in denen sie wirklich abschalten konnte, waren die, die sie mit Georg und seiner Familie verbrachte.

Außerdem beruhigte es sie sehr, dass Georg gerade in den Fächern ausgesprochen gut war, in denen sie Probleme hatte: Mathe, Physik und Chemie. Er hatte versprochen, für sie den Coach zu spielen. Früher hätte Jasmin wahrscheinlich Laura um Hilfe gebeten, aber Laura war sang- und klangvoll aus Jasmins Leben verschwunden. Am meisten vermisste Jasmin sie in den Augenblicken, in denen Laura tatsächlich anwesend war. Denn dann schien sie mit ihren Gedanken ganz woanders zu sein. Und seit einer halben Ewigkeit hatte sie nicht mehr gefragt, wie es Jasmin oder Magdalene eigentlich ging. Nur hin und wieder erzählte sie von einem ihrer Auftritte oder den Proben mit der Band.

Wenn Lilli Jasmin fragte, was mit Laura los war, musste sie sich entweder etwas aus den Fingern saugen oder zugeben, dass sie es nicht wusste.

Der Gong ertönte, und Jasmin packte ihre Bücher und Hefte in den Rucksack. Liebevoll strich sie dabei über den Aufsatz, den sie heute mit einer Eins plus zurückbekommen hatte. Wenigstens in Englisch und Deutsch brauchte sie nicht zu zittern. Da ging es nur darum, ob sie eine Eins plus oder eine Eins minus bekommen würde.

Halbwegs beruhigt verließ Jasmin das Klassenzimmer und machte sich auf die Suche nach Georg, der gerade Informatik gehabt hatte. Aus dem Informatik-Raum hörte sie noch Stimmen und wollte gerade die Tür weiter aufmachen, als sie Georg sagen hörte:

„Ich beschwere mich ja auch gar nicht. Nur mit der Zeit ist es irgendwie … ich weiß auch nicht.“

„Was du immer hast“, kam jetzt die Stimme seines Freundes Luka aus der halb offenen Tür. „Wenn ich eine Freundin hätte, die klasse aussieht und sich gut mit meiner Familie versteht, würde ich Luftsprünge machen.“

„Mach ich ja auch“, sagte Georg. „Du verstehst nicht, was

ich meine." Er seufzte. „Wenn meine Eltern und Annalena zu Hause sind, dann bin ich nur noch Luft für Jasmin. Sie beachtet mich überhaupt nicht. Manchmal denke ich, dass meine Familie ihr wichtiger ist als ich."

„Solang sie nicht anfängt, mit deinen Eltern rumzuknutschen", versuchte Luka ihn zu beruhigen.

Jasmin lief knallrot an und wollte sich gerade umdrehen und weggehen, als Georg weitersprach.

„War ein Fehler, dir davon zu erzählen", stöhnte er.

„Jetzt hör aber mal auf, Mann!", antwortete Luka. „Seit du mit Jasmin zusammen bist, redest du sowieso nicht mehr mit mir."

„Das ist nicht wahr!"

„Ach nein? Dann sag doch mal, hast du schon mit ihr –"

„Halt's Maul!"

Luka lachte. „Schön. Ich finde nur, du übertreibst. Ich meine, ist doch klar, dass Jasmin irgendwie gern mit deiner Familie rumhängt. Schließlich hat sie selbst keine."

In Jasmin hatte sich so viel Luft angestaut, dass sie Angst hatte, an die Decke zu gehen. Sie konnte einfach nicht fassen, dass Georg sich mit diesem Idioten über sie unterhielt. Hielt Georg wirklich so wenig von ihr?

„Das hab ich mir auch schon überlegt", gab Georg jetzt sogar zu. „Am liebsten würde ich sie nicht mehr mit nach Hause nehmen, wenn meine Mutter da ist. Dann hätte ich sie wenigstens ab und zu für mich allein."

Lautlos liefen Tränen über Jasmins Wangen. Sie wollte gehen, aber ihre Füße bewegten sich nicht. Das war das Ende. Sie würde Georg nie wieder vertrauen können. Sie würde Schluss machen und konnte ihm noch nicht einmal sagen, warum.

„Willst du sie denn abservieren?“, erkundigte sich Luka in diesem Moment.

„Spinnst du?“, brauste Georg auf. „Nie im Leben!“

„Dich hat’s echt erwischt, Junge!“, stellte Luka staunend fest.

Jasmin lauschte mit angehaltenem Atem.

„Das kannst du laut sagen“, meinte Georg niedergeschlagen. „Ich bin sogar schon eifersüchtig auf meine eigene Familie.“

Jasmin hörte, wie Stühle verrückt wurden und Schritte näher kamen. Sie drehte sich blitzschnell um und lief wie gehetzt den Gang entlang, die Treppe hinunter und nach draußen auf den Schulhof. Sie konnte jetzt nicht mit Georg reden. Sie musste erst darüber nachdenken, was sie eben gehört hatte.

Ihr Kopf fühlte sich an, als würde er jeden Moment platzen. Beim Gedanken daran, dass Georg ausgerechnet mit Luka über sie redete, über absolut private Dinge, hätte sie ihm am liebsten das Gesicht zerkratzt. Wie konnte er nur! Warum hatte er nicht einfach mit ihr darüber geredet?

Weil er meinte, sie hätte von selbst dahinter kommen müssen? Was hätte sie denn merken sollen? Wie konnte ausgerechnet Georg so grausam sein, ihr seine Familie wegnehmen zu wollen? Hätte er nicht auch etwas merken müssen? Nämlich, wie wichtig es für Jasmin war, in seinem Haus zu Hause zu sein.

Die Gedanken wirbelten in ihrem Kopf herum wie in einer Waschmaschine. Jasmin fühlte sich einsam und verwirrt. Sie musste mit jemandem darüber reden. Aber Jemand war in Berlin.

Lilli hatte genug Sorgen, Laura war irgendwo, und mit

Georg konnte sie jetzt noch nicht darüber reden. Wenn sie ihn jetzt sah, würde sie Schluss machen. Und das wollte sie erst dann tun, wenn sie sicher sein konnte, dass es ihr nicht am nächsten Tag wieder Leid tat.

Jasmin jagte zur Haltestelle und sprang in die Bahn, die auch sofort losfuhr. Erst, als sie sich setzte, merkte sie, dass ihre Wangen immer noch voller Tränen waren. Sie wischte sie ärgerlich weg und fragte sich, wann ihr dieser Fehler passiert war.

Wann hatte sie Georg nahe genug an sich rangelassen, dass er ihr so wehtun konnte? Das hatte bisher nur Felipe geschafft. Männer waren doch wirklich tolle Wesen, oder? Sie wollten unbedingt, dass man sie brauchte und ihnen vertraute, und wenn man es tatsächlich tat, dann ließen sie einen im Stich.

Aber Georg war doch eigentlich gar nicht so. Georg war ein verlässlicher, lieber und rücksichtsvoller Mensch. Lag es etwa an Jasmin? Hatte Georg einfach nicht mehr mit ihr reden können und sich deshalb an diesen blöden Luka wenden müssen? Oder hatte er sich schon die ganze Zeit mit diesem Typen über sie unterhalten? Hatte er Luka von ihrer Familiengeschichte und von Felipe erzählt? Von Laura und Magdalene? Und ihm beschrieben, was für Unterwäsche Jasmin trug? Beim Gedanken daran wurde Jasmin ganz schlecht.

Doch plötzlich wurde sie aus diesen Grübeleien herausgerissen. Da war Laura! Die Straßenbahn fuhr direkt an ihr vorbei. Sie ging mit einem jungen Supermodel Hand in Hand die Straße entlang und schien in ein angeregtes Gespräch vertieft zu sein. Wer war das Mädchen? Und warum war Laura mit ihr unterwegs? War das etwa ihre Freundin?

Und wenn ja, warum hatte sie Jasmin dann nichts davon erzählt?

Völlig verdutzt starrte Jasmin den beiden nach, bis die Straßenbahn um eine Kurve fuhr und sie die Mädchen aus den Augen verlor.

Dann kam ihre Haltestelle, und sie stieg aus. Sie dachte an Laura und Magdalene und sich. Die drei Mädchen aus der WG, früher waren sie fast wie Schwestern gewesen. Was war nur mit ihnen passiert? Wann hatten sie aufgehört, einander zu erzählen, was in ihren Leben passierte?

Jasmin fühlte sich, als wäre sie auf einem fremden Planeten ausgestiegen. Ihr fiel eine Zeile aus einem Song ein, den Laura geschrieben hatte:

I'm living on the moon.

What's the point of running?

Die letzten Meter bis zum Fotoladen rannte Jasmin fast und betete, dass Magdalene gerade keine Kunden hatte und ihr Boss nicht da war.

Atemlos riss sie die Ladentür auf und erschrak, als das Glöckchen darüber klingelte.

„Jasmin!" Magdalene stand hinter dem Verkaufstresen und kritzelte auf einem Haufen Zettel herum. „Ist irgendwas passiert?" Sie kam um den Tresen herum und fasste Jasmin besorgt am Arm. „Ist irgendwas mit Laura?"

Jasmin schüttelte nur den Kopf und fing beinahe wieder an zu heulen.

„Ist dein Chef da?", flüsterte sie.

Magdalene grinste. „Er ist spazieren gegangen. So nennt er es neuerdings, wenn er abhaut, um was zu futtern. Sagst du mir jetzt endlich, was mit dir los ist? Du siehst aus, als hättest du einen Geist gesehen."

„Georg", japste Jasmin und kam sich plötzlich ziemlich blöd vor, dass sie zu Magdalene gelaufen kam wie ein kleines Mädchen zu seiner Mutter.

„Der ist doch noch aus Fleisch und Blut, oder? Komm mal her, wir setzen uns in den Fotoraum. Geh schon mal rüber. Ich bring dir eine Tasse Kaffee und schließe hier vorne ab."

„Darfst du das denn?"

Magdalene zuckte mit den Schultern. „Warum nicht?"

Jasmin schlich wie ein Häufchen Elend in den Raum hinter dem schwarzen Vorhang. Sie fühlte sich sehr jung neben Magdalene, die in diesem Laden die Schlüsselgewalt hatte und mit der neuen Frisur und dem schwarzen Businesskostüm so verdammt erwachsen aussah. Als Jasmin das Kostüm vor ein paar Wochen gemeinsam mit ihr ausgesucht hatte, war es noch lustig gewesen. Als suchten sie eine Verkleidung für den Karneval, um aus Magdalene jemand anderen zu machen.

Jetzt saß dieses Kostüm wie angegossen und passte einfach perfekt zu Magdalene. Jasmin kam sich wie ein Schulmädchen vor – was sie ja auch war –, das Hilfe von seiner großen Schwester brauchte.

Nach zwei Minuten kam Magdalene mit zwei Tassen Kaffee zurück, rückte für sie zwei schwere Stühle zurecht und setzte sich.

„Also, schieß los", forderte sie Jasmin auf. „Erlöse mich von dieser grauenhaften Langeweile. Ich wäre vorhin fast im Stehen weggepennt. Und dabei hatte ich sogar einen Kunden!"

Jasmin lachte und fühlte sich schon viel besser, weil dieses fremde, erwachsene Wesen sich ganz so anhörte wie ihre Mitbewohnerin Magdalene Dorner.

„Es geht um Georg", sagte sie auch sofort. „Ich hab vorhin zufällig ein Gespräch zwischen ihm und Luka belauscht."

„Luka? Ich wusste gar nicht, dass die beiden noch befreundet sind. Ich dachte, die hängen schon seit Ewigkeiten nicht mehr zusammen rum." Magdalene grinste. „Genauer gesagt, seit Georg jemand Besseren zum Rumhängen gefunden hat."

Jasmin fühlte sich schon ein wenig erleichtert. Also hatte Georg nicht andauernd mit Luka über sie gequatscht.

Sie erzählte Magdalene ganz genau, was sie gehört hatte. Dann ließ sie sich in ihren Stuhl zurückfallen und schlürfte den Kaffee.

„Hm", meinte Magdalene. „Ich verstehe schon, dass dir das nicht passt. Ich meine, dass Georg sich mit seinem Kumpel über dich unterhält."

„Er könnte ihm praktisch alles über mich verraten haben", sagte Jasmin. „Sogar, was für Unterwäsche ich trage." Der Gedanke ließ sie einfach nicht mehr los.

Ein eigenartiger Blick trat in Magdalenes Augen. „Du meinst, so wie ich weiß, dass Georg zum Glück Boxershorts trägt und keine weißen Feinripp-Ungeheuer?"

Jasmin schluckte. So hatte sie die Sache noch nicht betrachtet. „Aber dass ich mit dir darüber rede, ist doch ganz was anderes. Du bist fast wie meine Schwester."

„Dann wäre es dir also lieber, wenn Georg mit seiner Schwester über dich redet? Wie alt ist die nochmal? Zehn?"

Jasmin verzog das Gesicht.

Magdalene lachte plötzlich laut auf. „Jetzt zieh keine Flappe!", rief sie. „Du weißt, dass ich Recht habe."

„Ja aber, wie soll ich denn jetzt darauf reagieren?", fragte Jasmin hilflos. „Immerhin hab ich genau gehört, was ich gehört habe. Ich kann nicht so tun, als hätte es diese Unterhaltung nie gegeben."

„Und worum ging es deiner Meinung nach in dem Gespräch?", erkundigte sich Magdalene.

„Das hab ich dir doch eben gesagt! Georg hat mit diesem Luka über mich geredet."

„Aber was er gesagt hat, hast du nicht kapiert", meinte Magdalene. „Georg ist eifersüchtig, weil du lieber Zeit mit seiner Familie verbringst als mit ihm. Das stört ihn, weil er total in dich verliebt ist."

Langsam dämmerte Jasmin, worauf Magdalene hinauswollte. Ein Lächeln breitete sich auf ihrem Gesicht aus. Natürlich! Georg liebte sie so sehr, dass er sie mit niemandem teilen wollte. Nicht mal mit seiner Mutter oder seiner kleinen Schwester.

„Das ist wirklich großartig", rief Jasmin in gespielter Entrüstung. „Ich komme hierher, weil ich sauer auf meinen Freund bin, und es endet damit, dass ich mir überlege, wie ich mich bei ihm entschuldigen könnte."

„Wozu sind Freundinnen da?", gab Magdalene grinsend zurück. „Übrigens wüsste ich eine gute Entschuldigung", sagte sie, spitzte die Lippen und machte Kussgeräusche.

Jasmin lachte und kuschelte sich in den Sessel. Plötzlich fühlte sie sich doch nicht mehr wie auf einem fremden Planeten. Vielleicht noch ein bisschen wie ein Alien auf ihrem eigenen. Aber wenigstens war sie nicht der einzige.

14. Kapitel

Magdalene war sich nicht sicher, ob sie froh über ihre Beförderung sein sollte oder wütend. Seit gestern Mittag hatte sie jetzt offiziell Zutritt zu Herrn Wolfs Dunkelkammer. Sie wusste allerdings nicht, ob das seine Idee gewesen war oder ob Reinhard dabei seine Hand im Spiel gehabt hatte.

Herr Wolf hatte sie mit gewichtiger Miene in den Fotoraum gebeten und Magdalene in die Geheimnisse der Filmentwicklung eingeweiht. In erster Linie war das Geplansche in irgendwelchen Flüssigkeiten. Sie hatte sich alles ganz genau notiert und war jetzt gerade dabei, die Fotos der Familie Blöming zu entwickeln.

Es war Donnerstagnachmittag, und Herr Blöming wollte gegen fünf in den Laden kommen, um die Bilder abzuholen. Beim Gedanken daran, dass sie die Fotos nicht nur selber geschossen, sondern auch entwickelt hatte, lief Magdalene ein angenehmes Prickeln durch den Körper.

Heute Abend war sie mit Isa verabredet. Dann konnte sie ihr gleich brühwarm erzählen, wie ihr erster Tag als Entwicklerin verlaufen war. Isa hatte nicht die geringste Lust zu fotografieren, war also sicher kein bisschen eifersüchtig, sondern würde sich mit ihr freuen. Sie war Verkäuferin und offenbar zufrieden damit.

Eigentlich hatte Magdalene ja vorgehabt, abends etwas mit Jasmin zu unternehmen, aber die hatte sich kurzfristig entschlossen, heute Abend mit Georg zu reden. Magdalene musste grinsen, als sie an das Gespräch mit Jasmin gestern dachte.

Sie hatte Jasmins Gesichtsausdruck bemerkt, als sie in den Laden gekommen war, und auch verstanden, was er bedeutete. Magdalene bei der Arbeit zu sehen, als Erwachsene, hatte sie zusätzlich fertig gemacht. Zum Glück hatte Magdalene das schnell zurechtrücken können. Es war ein eigenartiger Gedanke, dass Jasmin, die doch eigentlich immer eine Stütze für Magdalene gewesen war, *sie* jetzt plötzlich brauchte. Aber es war auf keinen Fall ein unangenehmer Gedanke.

Magdalene tauchte die Fotozange in den Trog mit der Entwicklerflüssigkeit und wollte eben ein Bild herausfischen und trocknen, als das Telefon im Verkaufsraum klingelte.

Fluchend hetzte sie nach vorne und hob ab.

„Fotografie Wolf", meldete sie sich.

„Ich bin's!", sagte Nick.

„Nick? Warum rufst du mich denn bei der Arbeit an?"

„Weil du in der Schule und während der Fahrstunden kein Telefon hast und in der WG nie jemand abhebt. Hallo! Wie geht's denn so?"

Magdalene unterdrückte ein Stöhnen. „Gut. Aber ich bin voll im Stress. Tut mir Leid, aber ich kann jetzt nicht quatschen."

„Sag mal, hast du eigentlich überhaupt nochmal Zeit?", fragte Nick genervt. „Ich habe dich seit einer Woche nicht mehr gesehen."

Am liebsten hätte Magdalene *Na und?* gesagt, konnte sich aber im letzten Augenblick noch zurückhalten. So einen Spruch hatte Nick sicher nicht verdient.

„Du weißt doch, dass ich gerade viel zu tun habe“, erklärte sie und zappelte dabei schon ungeduldig herum. Sie hatte nur zwei Stunden, bis Herr Blöming vorbeikam.

„Sag doch gleich, dass du mich nicht mehr sehen willst“, erwiderte Nick eingeschnappt.

„Darum geht’s doch gar nicht! Verdammt, ich hab einfach keine Zeit.“

„Zeit hat man nicht, Zeit nimmt man sich“, sagte Nick keine Spur versöhnlicher. „Das hat ein berühmter asiatischer Philosoph mal gesagt.“

„Wer?“

„Jackie Chan.“

„Okay.“ Magdalene seufzte. „Sobald mein Tag dreißig Stunden hat, nehme ich mir einfach sechs Stunden davon, einverstanden?“ Dann atmete sie tief ein. „Hör zu, ich hab am Dienstag Fahrprüfung. Danach läuft es bei mir wieder etwas ruhiger – vorausgesetzt, ich bestehe. Wir könnten uns doch hinterher treffen.“

„Meinetwegen“, sagte Nick. „Tschüss.“

Ehe Magdalene noch etwas erwidern konnte, hatte er schon aufgelegt. Magdalene knallte den Hörer auf die Gabel und stapfte zurück in die Dunkelkammer.

Seit wann benahm sich Nick denn, als wäre sie mit ihm verheiratet? *Ich hab dich seit einer Woche nicht mehr gesehen.* Und wenn schon! Hatte Magdalene irgendeinen Vertrag unterschrieben, dass sie Nick alle fünf Tage treffen musste? Sie konnte sich jedenfalls nicht daran erinnern.

Vor den Becken mit den verschiedenen Entwicklerflüssigkeiten blieb Magdalene wie angewurzelt stehen. Über ihrem Kopf brannte die kleine rote Glühbirne und tauchte alles in ein eigenartig düsteres Licht. Und in diesem Licht sah

Magdalene voller Grauen, was aus ihren Fotos geworden war: Sie waren schwarz! Sie hatte die Bilder die ganze Zeit, während sie mit Nick telefonierte, in der Flüssigkeit liegen lassen. Jetzt waren sie kaputt. Nichts mehr zu machen. Völlig hinüber. Na super!

Herr Wolf würde sie feuern. Herr Blöming würde sie erwürgen. Sie selbst würde sich ihre kurzen Haare ausreißen. Wie hatte sie nur so bescheuert sein können? Und das an ihrem ersten Tag mit voller Entwicklungsverantwortung!

Natürlich, Nick war schuld! Warum hatte der blöde Kerl sie auch bei der Arbeit angerufen? Warum hatte er sie abgelenkt!

Natürlich wusste Magdalene, dass es nicht wirklich Nicks Schuld war, aber sie war im Augenblick einfach nicht in der Lage, sich das einzugestehen.

Die tolle, erwachsene Magdalene Dorner, die alles im Griff hatte und anderen so großartig beistehen und Ratschläge erteilen konnte! Versagt hatte sie. Und das auf der ganzen Linie. Vielleicht sollte sie die Fotos rausfischen und ihre Kündigung auf die Rückseite schreiben. Und dann klammheimlich den Laden verlassen und sich auf Nimmerwiedersehen aus dem Staub machen.

Aber das konnte sie nicht. Sie brauchte Hilfe. Und sie hatte eine Idee, wie sie dieses Problem in den Griff bekommen konnte.

Sie ging zurück in den Verkaufsraum und schnappte sich Herrn Wolfs Adressbuch. Dann schlug sie den Namen Wolf auf, wählte die Nummer und schickte Stoßgebete gen Himmel, dass er da war.

„Wolf", meldete sich die Stimme am anderen Ende der Leitung.

„Ja, hier ist Magdalene“, sagte sie mit zittriger Stimme. „Ich weiß, du bist sicher gerade beschäftigt.“

„Stimmt. Ich sitze vor der Glotze.“

Dankbar schloss Magdalene die Augen, dann hauchte sie: „Hilfe.“

„Was?“

„Ich brauche Hilfe. Ich bin im Laden.“

„Bist du überfallen worden?“

„Schlimmer“, sagte sie leise. „Ich habe bei der Fotoentwicklung Mist gebaut. Kannst du herkommen?“

„Wo ist denn mein Vater?“

„Gott sei Dank noch nicht da.“

Reinhard überlegte kurz. „In einer Viertelstunde bin ich bei dir, okay?“

„Danke.“

Magdalene legte auf und fühlte sich schon ein kleines bisschen besser. Sie glaubte zwar nicht, dass Reinhard noch irgendwas retten konnte, aber wenigstens würde er nicht zulassen, dass sein Vater und Herr Blöming sie gemeinschaftlich erdrosselten.

Wie versprochen, klopfte Reinhard fünfzehn Minuten später an die Ladentür, die Magdalene vorsorglich abgeschlossen hatte. Sie nahm sich sogar kurz die Zeit zu bemerken, dass Reinhard großartig aussah. Die dunklen Haare hatten dringend einen Schnitt nötig und wirkten ein bisschen wild. Außerdem hatte er dunkle Bartstoppel im Gesicht, aber Magdalene hatte das schon immer unwiderstehlich gefunden.

Sie schloss die Tür auf, streckte den Arm aus und zog Reinhard in den Laden.

„Schnell, schnell, wir müssen in die Dunkelkammer!“

Reinhard lachte. „Das würde sich noch besser anhören, wenn dort keine Fotos auf uns warten würden.“

Magdalene schloss die Tür wieder ab und zerrte Reinhard in den hinteren Raum und von dort in die Dunkelkammer.

„Hier!“

Sie knipste das Rotlicht an und deutete auf die Wanne mit den schwarzen Fotos.

„Oh Gott! Wie lange waren die denn da drin?“

„Viel zu lange“, jammerte Magdalene. „Das sollte die Familie Blöming werden, die ich neulich fotografiert habe.“

„Nenn es einfach Familie Blöming bei Nacht“, schlug Reinhard vor. „Das machen die bei Postkarten doch auch so.“

„Sehr witzig. Hilf mir lieber. Was soll ich denn jetzt machen?“

Reinhard schnappte sich Magdalenes Zettel, die auf dem Tisch vor ihm lagen, und überflog ihre Notizen.

„Was ist das?“

„Die Anweisungen, die dein Vater mir gegeben hat. Wieso? Stimmt was nicht?“

Reinhard starrte grimmig auf die Zettel. „Allerdings nicht. Mein Vater ist manchmal ein richtiger Trottel. Weißt du, wie oft ich ihm geholfen habe, Fotos zu entwickeln, bevor ich es das erste Mal selber machen durfte?“

Magdalene schüttelte den Kopf.

„Ich verstehe nicht, dass er dich mit diesem Gekritzel hier allein gelassen hat“, sagte Reinhard.

„Und was machen wir jetzt?“

„Hast du denn nicht viel mehr Fotos geschossen?“, fragte Reinhard.

Magdalene hätte fast mit dem Kopf gegen den Tisch geschlagen. Wie hatte sie nur vergessen können, dass sie zwei Filme verschossen hatte? Natürlich! Sie hatte den zweiten in der Kamera gelassen.

Wie der Blitz schoss sie nach draußen und holte den zweiten Film

„So, Tür zu“, sagte Reinhard und nahm ihr den Film aus der Hand. „Jetzt fangen wir nochmal ganz von vorne an, okay?“

Magdalene nickte dankbar.

„Was hast du eigentlich morgen Abend vor?“, erkundigte sich Reinhard beiläufig.

„Eigentlich wollte ich für die Fahrprüfung lernen.“

„Eigentlich? Das heißt, du kannst das vielleicht ein bisschen verschieben, um mit mir ins Kino zu gehen?“

Magdalene dachte kurz nach, während sie Reinhard bei der Arbeit zusah. Eigentlich sollte sie wirklich lernen. Außerdem war es vermutlich Nick gegenüber nicht besonders fair, wenn sie mit Reinhard ins Kino ging. Auf der anderen Seite war Nick aber nicht ihr Freund, also ging es ihn im Grunde überhaupt nichts an, was sie mit ihrer Zeit anfing. Und ein bisschen Pause vom ständigen Lernen und Arbeiten konnte sicher auch nichts schaden.

Schließlich war sie es Reinhard schon allein für diese Rettungsaktion eindeutig schuldig, wenigstens mit ihm ins Kino zu gehen. Aber wenn sie ehrlich war, lag es nicht daran, dass sie ihm dankbar war oder dass sie eine Pause brauchte. Es lag einzig und allein daran, dass sie schon eine Gänsehaut bekam, wenn sie hier nur neben ihm in der Dunkelkammer stand.

„Einverstanden“, sagte sie. „Schließlich schulde ich dir für diese Rettungsaktion mindestens eine Kinoeinladung.“

Reinhard grinste sie an. „Wenn das das Beste ist, was ich rausholen kann, greife ich sofort zu.“

Magdalene beobachtete äußerst fasziniert seine routinierten Handbewegungen, aber in Gedanken war sie ganz woanders.

15. Kapitel

„Kennst du denn irgendwelche berühmten Leute?“, erkundigte sich Cynthia mit großen Augen.

„Wen meinst du?“, fragte Laura zurück.

„Weiß auch nicht. *Die Toten Hosen*. Oder *Die Ärzte* oder so.“

Laura schüttelte den Kopf. „Nein, woher denn?“

„Ich dachte, die Prominenten würden sich dauernd irgendwo über den Weg laufen“, sagte Cynthia enttäuscht. „Bei irgendwelchen Wohltätigkeitssachen oder Preisverleihungen.“

„Die *Green Apple Biters* gehen nicht auf solche Veranstaltungen“, sagte Laura. „So berühmt sind wir nun auch wieder nicht!“

Langsam nervte es sie ein bisschen, dass Cynthia ständig nur über Musik und über die Band reden wollte. Vorgestern hatte sie sich zwar mit leuchtenden Augen Lauras ganze Lebensgeschichte angehört. Aber das Thema war jetzt anscheinend abgehakt.

Sie hatten sich vor einer Stunde im *Pink Pitt* getroffen und seitdem über nichts anderes geredet als über Lauras Zukunftspläne und ihre Karriere. Laura hätte nie gedacht, dass es sie mal anöden könnte, über ihre Musik zu reden. Aber allmählich hatte sie diesen Punkt erreicht.

„Wir sind im Oktober auf dem *Moon-Festival* aufgetreten“, sagte Laura. „Dabei haben wir andere Bands –“

„Ja, das hast du schon erzählt“, unterbrach Cynthia sie und blickte sich im Lokal um. „Habt ihr eigentlich auch mal größere Auftritte?“

„Was meinst du mit größeren Auftritten? In der Schalke-Arena zum Beispiel?“

Cynthia zuckte mit den Schultern. „Ja, warum nicht?“

„Weil dort Leute wie *Eminem* auftreten. Oder *Robbie Williams*. Ich hab doch erst vor ein paar Monaten angefangen zu singen.“

„Wann nehmt ihr euer erstes Album auf?“, erkundigte sich Cynthia jetzt.

„Keine Ahnung.“

„Habt ihr denn keine Demo-Bänder?“

„Nein.“

Cynthia spielte gelangweilt mit ihrem Strohhalm. „Ich finde, ihr solltet langsam mal damit anfangen. Warum macht ihr nicht bei irgendeiner Casting-Show mit? Dann hättet ihr auch gleich einen Produzenten.“

„Sag mal, was willst du eigentlich?“, brauste Laura auf. „Willst du unsere Managerin werden, oder was? Sag bloß, du hast so tolle Kontakte im Musikbusiness.“

„Du doch auch nicht.“

Laura starrte ihr Gegenüber mit offenem Mund an. War das das gleiche Mädchen, mit dem sie am Mittwoch so viel Spaß gehabt hatte? Sie hatten stundenlang gequatscht und rumgealbert. Was sollte dieses Gezicke denn plötzlich? War ihr Laura etwa nicht berühmt genug?

„Die *Waiters* sind übrigens schon mal interviewt worden", sagte Cynthia. „Für RTL. Nur kurz, aber immerhin."

„Schön für die *Waiters*."

„Warum bist du denn so eingeschnappt?", fragte Cynthia verständnislos. „Ich will dir doch nur helfen."

„Wobei?"

Cynthia legte eine Hand auf Lauras Schulter. „Du willst doch nicht ewig durch irgendwelche Kneipen tingeln, oder?"

„Und wenn doch?", zischte Laura.

„Dann verschwende ich hier wohl meine Zeit", sagte Cynthia und zog ihre Hand zurück.

„Was bist du?", fuhr Laura sie an. „Ein Groupie?"

Cynthia lächelte honigsüß. „Ist das nicht offensichtlich?"

Laura schnappte nach Luft. Sie hoffte, dass Cynthia nicht an ihrem Gesicht ablesen konnte, wie enttäuscht sie war.

„Eigentlich hatte ich gedacht, dass du dich für mich interessierst. Nicht für die Band", erklärte sie schließlich.

„Tu ich doch auch. Wo ist denn da bitte der Unterschied? Ich dachte, du willst berühmt werden."

„Weißt du was?", sagte Laura müde. „Das will ich auch. Und wenn ich es schaffe, erfährst du es ganz bestimmt durch die Zeitung."

Cynthia stand auf und zog ihre Jacke an, die sie über den Stuhl gehängt hatte. Sie blickte auf Laura hinunter, lächelte überheblich und sagte: „Irgendwie bezweifle ich das."

Dann legte sie einen Fünfeuroschein auf den Tisch und ging.

Laura blieb wie betäubt sitzen und starrte ihr nach. War das eben wirklich passiert? Gestern hatte sie sich den ganzen Tag darauf gefreut, Cynthia heute wiederzusehen. Sie dachte, sie hätte endlich jemanden getroffen, den sie ganz für sich hatte. Wie hatte sie sich nur so täuschen können? Solange sie keine Autogrammkarten und Auftritte vor zehntausend Leuten hatte, war sie für Cynthia offenbar uninteressant. Würde sie sich als Nächstes an eine Sängerin der *Waiters* ranschmeißen?

„Noch ein Bier!“, rief Laura Bruno zu, der heute selbst hinter der Bar stand.

Er brachte ihr ein Glas an den Tisch und stellte einen Schnaps daneben. „Der geht auf Kosten des Hauses“, erklärte er. „Ich hätte deine Freundin auch eingeladen, aber die ist ja so schnell abgehauen.“

„Sie ist nicht meine Freundin“, sagte Laura trüb.

„Na, dann geht der hier eben auch an dich.“ Er stellte einen weiteren Schnaps vor Laura. „Wo steckt denn der Rest der Band?“

„Keine Ahnung.“

„Haben dich ganz allein gelassen, was?“

„Bruno!“, rief jemand von der Bar herüber. „Bedienst du heute noch, oder quatschst du nur mit hübschen Mädels rum?“

Bruno blinzelte Laura zu und marschierte zurück zur Bar. Sie schnappte sich das erste Glas Schnaps und schüttete es runter. Dann kramte sie in ihrer Tasche nach Münzen, ging zum Zigarettenautomaten neben dem Eingang und zog sich eine Packung Kippen.

Jasmin hatte sie gestern Abend gefragt, warum sie so nach Rauch stank. Laura hatte behauptet, das käme von der Kneipenluft. Was wusste Jasmin denn schon? Außer ihrem Abitur und ihrem Freund hatte sie doch überhaupt nichts im Kopf.

Laura gingen ihre besorgten Blicke auf die Nerven, wenn sie sich mal zufällig im Badezimmer oder in der Küche über den Weg liefen. Warum suchte sich Jasmin kein eigenes Leben und hörte endlich damit auf, sich in das anderer einzumischen?

„Hey, bist du nicht von den *Apple Biters*?“, fragte der Mann, der Bruno vorhin von der Bar aus gerufen hatte.

Laura blickte auf und nickte dann.

„Ich war zufällig bei eurem letzten Auftritt hier. Ihr seid richtig gut! Und du hast eine tolle Stimme, Mädchen.“

„Hans, belästige meine Gäste nicht“, sagte Bruno.

„Tu ich doch nicht!“, erklärte Hans beleidigt. „Hab ich dich belästigt?“, wandte er sich an Laura.

Sie schüttelte den Kopf.

„Setz dich doch zu uns“, schlug er vor. „Du sitzt da so allein in der Ecke rum.“

Laura dachte einen Augenblick nach, dann leerte sie den zweiten Schnaps, nahm das Bier und die Zigaretten und hockte sich zu den Männern an die Bar.

„Bruno, gib dem Mädel noch was Klares“, sagte Hans. „Geht auf mich. Man trifft schließlich nicht jeden Tag einen Star.“

„Ich bin kein Star“, murmelte Laura.

„Aber eine prima Sängerin.“

Sie lächelte, nahm den nächsten Schnaps und stieß mit Hans an.

Irgendwann verlor Laura absolut jedes Zeitgefühl. Und auch jedes andere Gefühl, das ihr irgendwie unangenehm war. Hans und die anderen Typen rund um die Bar entpuppten sich als großartige Zuhörer. Ein paar hatten Töchter in Lauras Alter und machten ihr Komplimente darüber, wie viel sie schon erreicht hatte. Und das war genau das, was Laura im Augenblick hören wollte.

Mit der Zeit fiel es ihr allerdings ein bisschen schwer mitzureden. Ihre Zunge funktionierte nicht mehr besonders gut. Und schließlich weigerte sich Bruno rundheraus, ihr etwas anderes als Kaffee zu geben.

Laura war stocksauer, aber Bruno blieb hart und verschwand kurz in seinem Büro. In der Zeit schob jemand Laura seinen Schnaps zu. Als Bruno zurückkam, wirkte er wieder etwas freundlicher und stellte Laura einen Kaffee vor die Nase.

„Ich wll dennich“, versuchte sie zu sagen.

„Schon möglich, aber du brauchst ihn.“

Zehn Minuten später wurde Laura klar, was Bruno vorhin in seinem Büro gemacht hatte: Er hatte telefoniert.

Mit mürrischer Miene kam Silk in die Kneipe, entdeckte Laura und stapfte auf sie zu.

„Was soll der Scheiß?“, schnauzte er sie an.

„Hnn?“

„Du kannst ja nicht mal mehr reden“, stellte Silk angewidert fest. „Komm jetzt mit, ich ruf dir ein Taxi.“ Er wandte sich an Bruno. „Danke für den Anruf“, sagte er. „Ich sorge dafür, dass sie nach Hause kommt.“

Bruno nickte. „Ist schon okay. Hat heute keinen guten Tag, eure Sängerin.“

„Was kriegst du?“, fragte Silk ihn.

„Das geht auf uns“, sagte Hans, und einige andere nickten.

Silk runzelte die Stirn, verkniff sich aber eine Bemerkung.

Es ging Laura auf die Nerven, dass über sie geredet wurde, als wäre sie ein kleines Kind oder gar nicht da. Sie hätte gerne etwas gesagt, aber ihre Zunge spielte nicht mehr richtig mit.

Silk zog sie am Ellenbogen vom Barhocker herunter, und Laura stellte überrascht fest, dass ihre Füße sie nicht mehr tragen konnten. Willenlos ließ sie sich von Silk gegen die Wand lehnen und in ihre Jacke stopfen.

Dann zog er sie nach draußen. Als Laura die kalte Luft einatmete, würgte sie. Drei Schritte weiter musste sie sich übergeben.

„Brillant!", sagte Silk. „In dem Zustand kann ich dich nicht mal in ein Taxi setzen."

„Wassn fürn Taxi?", fragte Laura mühsam.

„Du musst nach Hause", antwortete Silk. „Ich kann dich nicht mit zu mir nehmen. Es ist zwei Uhr morgens. Wenn du bei uns ins Wohnzimmer kotzt, bringt mich meine Mutter um."

„Hanno und Kernie", würgte Laura hervor.

„Die müssen in viereinhalb Stunden aufstehen. Haben morgen Frühschicht im Callcenter. Verdammt Laura, was ist los mit dir?"

„Mir iss schlecht!"

„Was du nicht sagst. Wie ist deine Adresse?"

„Meine …"

„Adresse, ja. Wo wohnst du. Wo ist die WG? Ich kann jetzt auch nicht mehr bei Alex anrufen."

„Will nicht in die WG", sagte Laura. „Da is Lilli."

„Das ist mir so was von egal. Sag mir deine Adresse!"

„Nein." Laura hockte sich auf den Bürgersteig und verschränkte die Arme.

Silk trat zornig gegen einen Stein. Dann kramte er sein Handy aus der Tasche und wählte eine Nummer.

„Wen rufsdu an?“

Silk antwortete nicht.

„Wen rufsdu an?“

Er hielt sich das Handy ans Ohr und wartete. „Hallo Jasmin? ... Ja, ich weiß, wie spät es ist. Tut mir auch Leid, dass ich dich jetzt noch stören muss. Ich bin Silk aus Lauras Band ... Nein, es ist nichts Schlimmes passiert. Sie ist nur ziemlich besoffen und will mir nicht sagen, wo sie wohnt ... Nein, schon gut, sag mir nur die Adresse, dann setz ich sie in ein Taxi ... Okay, in ungefähr fünfzehn Minuten ... Schon gut. Tschüss.“

„Jasmin?“, hauchte Laura.

Silk nickte, steckte sein Handy ein und zog ein Taschentuch aus seiner Jackentasche. Dann hockte er sich vor Laura und wischte ihr das Gesicht ab. Als sie wieder halbwegs sauber war, zog er sie hoch, lehnte sie an die Hauswand und winkte das nächste Taxi heran, das vorbeifuhr.

Mühsam bugsierte er Laura auf den Rücksitz, drückte dem Fahrer Geld in die Hand und nannte die Adresse.

„Danke“, sagte Laura.

Silk starrte sie nur an und schüttelte den Kopf. „Jasmin wartet unten vor der Tür auf dich und bringt dich in dein Zimmer.“ Er zog den Kopf zurück und starrte Laura ernst an. „Laura, krieg dich endlich in den Griff!“ Dann knallte er die Tür zu, und der Wagen fuhr los.

16. Kapitel

Eigentlich hätte Jasmin ja in absoluter Hochstimmung sein sollen. Immerhin war ihr Gespräch mit Georg mehr als positiv verlaufen. Ihre Versöhnung hatte fast drei Stunden gedauert. Und jetzt wurde sie von Magdalene für den Ball herausgeputzt, als wäre sie Kammerzofe und Hofdame zugleich.

Aber dummerweise musste Jasmin immer wieder zur Wohnungstür schielen, hinter der Laura vor Ewigkeiten mit gesenktem Kopf verschwunden war, um das unausweichliche Gespräch mit Lilli zu führen. Es hatte den ganzen Vormittag gedauert, Laura so weit wiederherzustellen, dass sie überhaupt zu einem Gespräch in der Lage war.

Als Jasmin sie gestern Nacht aus dem Taxi gezogen und in die Wohnung bugsiert hatte, hätte sie nicht mal mit Sicherheit sagen können, dass Laura die Nacht überleben würde.

Sie hatte nach Schnaps und Zigaretten gestunken und sich noch mindestens dreimal übergeben, ehe sie in der Lage war, in die Dusche zu klettern. Was war nur los mit ihr? Anscheinend war es ihr auch noch höchst unangenehm, sich von Jasmin helfen lassen zu müssen.

Trotzdem musste Jasmin sich eingestehen, dass sie von Silks Anruf gestern Nacht nicht sonderlich überrascht gewesen war. Sie alle hatten schon seit einiger Zeit darauf gewartet, dass Laura in Schwierigkeiten geraten würde. Sie war in den letzten Wochen wie ein Zündfass gewesen, das auf einen Funken wartete.

„Erzähl mir nochmal von deinem Gespräch mit Georg", forderte Magdalene Jasmin auf.

Jasmin stand auf dem Wohnzimmertisch, hatte Lockenwickler im Haar und trug ein schwarzes Abendkleid, das Laura heute Vormittag rausgerückt hatte. Sie selbst hatte es mal für ein ganz besonderes Weihnachtsfest gekauft, es aber nur ein einziges Mal getragen, weil es ihr dann doch zu eng gewesen war. Jasmin hatte nicht mal gewusst, dass Laura das Kleid noch besaß. Sie hatte damals einen Haufen Geld dafür hingeblättert, und danach war es nie wieder aufgetaucht. Aber Laura hatte es scheinbar die ganze Zeit sorgfältig in Seidenpapier eingeschlagen in einem Karton unter ihrem Bett verwahrt. Das Kleid war wunderschön, aber leider ein bisschen zu weit. Und um dieses Bisschen kümmerte sich jetzt Magdalene mit Kennerblick und Stecknadeln. Dabei hatte sie Annalena als ständige Beraterin neben sich. Im Augenblick war Annalena abgelenkt, weil sie mit Magdalenes Klamotten *Verkleiden* spielte. Und das fiel ihr mit dem Gipsbein nicht besonders leicht.

Jasmin dachte daran, dass Laura an dem heutigen Ballabend auf sie aufpassen würde, und war ihr sehr dankbar dafür. Wahrscheinlich wusste Laura noch gar nicht so recht, was sie sich damit angetan hatte. Aber Magdalene hatte eine geheimnisvolle Verabredung und würde vermutlich auch erst spät zurückkommen. Jasmin nahm an, dass sie sich mit Nick traf, aber Magdalene sagte weder ja noch nein und hüllte sich in mysteriöses Schweigen.

Jasmin war heilfroh, dass Magdalene da war. Sie hätte nicht gewusst, was sie ohne Lauras Kleid gemacht hätte. Das rote, das Magdalene ihr leihen wollte, war Jasmin doch ein wenig zu offenherzig gewesen.

„Was ist jetzt?“, fragte Magdalene. „Erzähl mir nochmal von Georg.“

„Ich hab dir doch schon erzählt, was *er* gesagt hat und was *ich* gesagt habe und was *wir* dann gesagt haben“, erklärte Jasmin. „Du kennst die ganze Versöhnungs-Geschichte.“

„Ja, aber da war Annalena hier, und wir konnten nur mit Codeworten reden. Ich bin nicht sicher, ob ich alles verstanden habe“, sagte Magdalene zwischen zusammengebissenen Zähnen, weil sie Stecknadeln im Mund hatte. „Was bedeutete: Partei B war mit den Konditionen einverstanden?“

Jasmin lachte. „Na gut, nochmal von vorne.“ Sie schielte auf Magdalenes Zimmertür, hinter der Annalena in Klamottenbergen versunken war, und senkte die Stimme. „Also, ich hab mich bei Georg entschuldigt, dass ich ihn nicht genügend beachtet habe, wenn seine Familie dabei war. Und ich habe ihm erklärt, dass ich mich irgendwie auch in seine Familie verliebt habe, aber natürlich zuerst in ihn.“

„Weiter.“ Magdalene fädelte schwarzen Zwirn in eine Nähnadel.

„Dann hat er sich entschuldigt, dass er sich so komisch benommen hat, und gemeint, er versteht das schon –“

„Ja, den Teil, in dem deutlich wird, dass du einen tollen Freund hast und ich nicht, kannst du überspringen“, nuschelte Magdalene. „Stell dich mal auf die Zehenspitzen.“

Jasmin gehorchte und fuhr fort: „Eigentlich wollte ich ihm versprechen, dass ich seine Familie nicht mehr so oft sehe. Aber Georg hat gemeint, dass sie ihm das nie verzeihen würde. Also haben wir uns darauf geeinigt, dass ich einmal pro Woche mit der ganzen Familie rumhängen darf.

An allen anderen Tagen verziehen wir uns in sein Zimmer, und er darf Annalena rausschmeißen, wenn sie ihn stört."

„Sag nur nicht, dass ihr in der Zeit lernen wollt."

„Das geht dich gar nichts an."

Magdalenes Hände hielten kurz inne. „Was geht mich gar nichts an?"

„Nichts", erklärte Jasmin würdevoll.

In dem Moment wurde die Wohnungstür aufgeschlossen, und gleich darauf kam Laura ins Wohnzimmer. Sie hob den Kopf und blickte Jasmin von oben bis unten an.

„Du siehst toll aus", sagte sie neidlos.

„Es ist schließlich dein Kleid", meinte Jasmin.

„Ja, es sieht zwar noch besser aus an ..." Laura grinste. „An mir. Aber dir steht es auch gut, Bohnenstange." Dann ließ sie sich aufs Sofa fallen.

„Gibt es Waffenstillstand zwischen Lilli und dir?", erkundigte sich Magdalene, während sie eifrig weiternähte.

„Nein. Frieden", sagte Laura. „Ich hab mich bei ihr entschuldigt. Wir haben ... geredet."

Magdalene warf einen Blick auf die Uhr. „Und das fast drei Stunden lang."

Annalena kam ins Wohnzimmer gehüpft und trug dabei das rote Abendkleid, das Magdalene eigentlich Jasmin hatte leihen wollen. Die Träger waren so lang, dass der Ausschnitt praktisch bei ihrem Nabel anfing.

„Schaut mal!", zwitscherte sie fröhlich. „Sehe ich aus wie eine Prinzessin?"

„Mindestens wie eine Kaiserin", erwiderte Laura. „Komm mal her, dann mach ich dir die Träger kürzer." Sie fing einen alarmierten Blick von Magdalene auf. „Ich mach nur Knoten rein", sagte sie schnell.

Annalena humpelte auf sie zu und setzte sich neben Laura aufs Sofa.

„Verrätst du uns, was du Lilli gesagt hast?“, fragte Jasmin.

Laura fummelte an Annalenas Trägern herum und schüttelte den Kopf. „Im Augenblick nicht. Nachher, okay?“

„Dann besser morgen“, sagte Jasmin. „Keine Ahnung, wie spät es bei uns beiden heute wird.“

„Was erzählst du ihnen morgen?“, fragte Annalena und lehnte ihren Kopf gegen Lauras Schulter.

„Die Geschichte vom Hasen und dem Igel.“

„Wie geht die?“

„Erzähl ich dir später“, versprach Laura.

„Wenn du mich schminkst?“

Laura grinste. „Genau dann.“

„Schminken!“, fiel Jasmin plötzlich ein. „Magdalene, haben wir noch genügend Zeit?“

„Ganz ruhig“, sagte Magdalene hinter ihr. „In einer Minute bin ich mit dem Kleid fertig. Dann kommt das Make-up dran und danach die Frisur.“

„Kann ich irgendwie helfen?“, erkundigte sich Laura.

„Du könntest Jasmin die Nägel machen“, überlegte Magdalene. „Ich hab einen zartrosa Nagellack rausgesucht, der perfekt zum Lippenstift passt.“

„Alles klar.“

In dem Moment, in dem Magdalene den Zwirn mit den Zähnen durchbiss, kam Lilli herüber, um sich das Werk anzusehen.

„Wunderschön!“, sagte sie. „Aber die Lockenwickler brauche ich heute noch.“

„Triffst du dich wieder mit deinem Postboten?“, fragte Magdalene grinsend.

„Er hat übrigens einen Namen“, sagte Lilli. „Einen sehr schönen sogar: Gustav. Und ja, ich treffe mich mit ihm.“

Die Mädchen waren im Sommer zwar Zeugen gewesen, wie Lilli ihren Freund kennen gelernt hatte, doch seitdem verlor sie kaum noch ein Wort über ihn. Für Lilli war es absolut selbstverständlich, dass Jasmin ihr alles über Georg erzählte, aber ihr eigenes Privatleben wollte sie offenbar doch nicht mit drei Teenagern besprechen.

Dann bemerkte Lilli zu ihrem Entzücken, dass die Mädchen Besuch hatten. Sofort setzte sie sich neben Annalena und erklärte sich gerne bereit, ihr Zöpfchen zu flechten.

Jasmin und Laura warfen sich viel sagende Blicke zu und grinsten in sich hinein. Endlich gestattete es Magdalene Jasmin auch gnädig, vom Tisch herunterzukommen.

„Kann bei dem Kleid auch nichts platzen, wenn ich ungewöhnliche Bewegungen mache? Sagen wir beim Atmen oder Gehen oder Sitzen?“

„Wer dich aus dem Ding rauskriegen will, der muss entweder ich sein oder eine Säge haben“, versprach ihr Magdalene und zwinkerte Laura verschmitzt zu.

„Ich wünschte, es gäbe mehr von diesen Kleidern“, sagte Lilli.

„Weiterflechten!“, forderte Annalena.

„Entschuldige.“

Magdalene holte einen Stuhl aus der Küche und stellte ihn direkt unter die Lampe im Wohnzimmer. Dann verschwand sie kurz im Bad und kam mit einem Arm voll Schminksachen zurück.

„Worauf wartest du? Hinsetzen“, ordnete Magdalene an. „Laura, du kannst dich auf den Couchtisch setzen und mit dem Lackieren der rechten Hand anfangen.“

Gehorsam nahm Laura den Nagellack und schnappte sich Jasmins Hand.

„Und was kann ich machen?“, fragte Annalena, die nun offenbar genug vom Zöpfchenflechten hatte.

„Du kannst …“ Magdalene überlegte. „Wie wär’s, wenn du Jasmin die Schuhe anziehst? Es sind die hochhackigen schwarzen im Flur.“ Als Annalena weghumpelte, meinte sie leise: „Dafür braucht sie eine Ewigkeit. Die haben zwölf Riemchen.“ Magdalenes Blick fiel auf Lilli. „Hast du Lust, Jasmins linke Hand zu bearbeiten?“

„Zu Befehl.“ Lilli setzte sich neben Laura auf den Couchtisch und schnappte sich Jasmins zweite Hand.

Magdalene stand zwischen den beiden und steckte Jasmin mit Haarnadeln die Lockenwickler zurück, damit ihr Gesicht frei war. Dann trug sie als Erstes Feuchtigkeitscreme auf.

Annalena kam mit den Schuhen zurückgehüpft, hockte sich umständlich auf den Boden zwischen Magdalenes Beine und machte sich an Jasmins linkem Fuß zu schaffen.

Jasmin schwebte im siebten Himmel. Kaum zu glauben, dass sie sich erst vor ein paar Tagen einsam und verlassen vorgekommen war. Jetzt waren ihre beiden besten Freundinnen, ihre Betreuerin und die Schwester ihres Freundes damit beschäftigt, sie für einen Ball herzurichten, auf den sie mit ihrem Freund und seinen Eltern gehen würde.

Das Einzige, was Jasmin quälte, war der Gedanke ans Tanzen. Sie hatte zwar nochmal mit Georg geübt, war sich dabei aber immer noch wie eine Bachstelze auf heißen Kohlen vorgekommen.

Und wenn sie sich die Mordwerkzeuge ansah, die Annalena gerade an ihre Füße schnallte, wurde ihr schummrig.

Wenn sie Georg damit auf den Fuß trat, spießte sie ihn auf. Sie wollte wirklich nicht, dass bei einem Wiener Walzer Düsseldorfer Blut floss.

Vielleicht ließ sich Georg ja überreden, nicht zu tanzen. Andererseits gingen sie auf einen *Ball*. Oh Gott! Was, wenn Georgs Vater sie zum Tanzen aufforderte? Ihn aufzuspießen, wäre noch schlimmer.

„So, jetzt sind die Haare dran", verkündete Magdalene.

Laura, Lilli und Annalena begutachteten Jasmins Gesicht.

„Toll!", sagte Annalena. „Das Zeug über den Augen glitzert."

„Na, das hoffe ich doch", sagte Magdalene. „War schließlich teuer genug."

„Du bist wunderschön", stellte Lilli fest und hatte dabei Tränen in den Augen. Das ging bei ihr immer schnell. „Ich muss nachher unbedingt ein Foto machen."

Magdalene zog eine Augenbraue hoch, sagte aber nichts. Sie steckte den Föhn an und kramte die Lockenbürste hervor. „Wie weit seid ihr mit den Nägeln?"

„Fertig", antwortete Laura.

„Moment noch", piepste Lilli. „So, auch fertig."

„Gut. Jasmin, versuch, die Nägel in die heiße Luft zu halten, aber nicht so nahe, dass sich die Haare darin verfangen können."

Geduldig ließ Jasmin Magdalene an ihren Haaren herumdrehen, -rupfen, -zupfen, -bürsten und -kämmen. Nach einer Weile spürte sie ihre Kopfhaut überhaupt nicht mehr und hörte nur noch mit halbem Ohr auf die Kommentare, die die anderen über ihre wachsende Frisur abgaben.

Jasmin fühlte sich wunderbar eingelullt und schläfrig und dämmerte langsam in den Traumzustand hinüber, als

Magdalene schließlich ein letztes Mal Haarspray über ihr Werk verteilte und verkündete: „Es ist vollbracht!"

Jasmin überhörte vorläufig die *Ahs* und *Ohs* des Publikums und stöckelte auf den inzwischen fertig geschnürten Schuhen ins Badezimmer. Dann wandte sie sich zum Spiegel und blieb mit offenem Mund davor stehen.

Noch nie in ihrem ganzen Leben hatte sie so gut ausgesehen. Sie hätte vor allem nie gedacht, dass sie so gut aussehen konnte.

Magdalene hatte ihr Haar am Hinterkopf aufgesteckt, aber eine dicke Strähne quer über ihre Stirn geföhnt. Diese Strähne fiel in einer schwungvollen Welle auf der anderen Seite herunter und umspielte ihre Wange. Ihre Augenlider waren zartrosa geschminkt, dicht unter den Augenbrauen und unter den Augen glitzerte es perlmuttfarben. Die Lippen waren dezent rosa mit einem leichten silbernen Schimmer, der perfekt zu der Farbe ihrer Fingernägel passte. Jetzt musste sie nur noch aufpassen, dass ihre Augen nicht feucht wurden.

Mühsam riss sich Jasmin vom Spiegel los und ging zurück ins Wohnzimmer. Vier Augenpaare blickten sie fragend an.

„Magdalene", sagte Jasmin. „Ich weiß nicht, was ich sagen soll. Es ist perfekt!"

Lilli stand auf und kam auf Jasmin zu. „Eins fehlt noch", meinte sie. Damit legte sie Jasmin eine schwere Perlenkette um den Hals und reichte ihr zwei kleine Perlenohrstecker. „Die sind zwar nur geliehen, aber dafür echt", sagte sie.

Annalena saß auf dem Sofa wie auf einer Zuschauertribüne. Sie applaudierte wie wild, als es an der Tür klingelte.

„Georg!", rief Jasmin aufgeregt. „Hab ich alles? Meine Handtasche!"

Sie stöckelte in ihr Zimmer und suchte nach der schwarzen Tasche, die Magdalene ihr geliehen hatte. Aber als sie wieder ins Wohnzimmer kam, wartete dort nicht Georg, sondern ein junger Mann, den Jasmin nicht kannte.

„Wow“, sagte er zur Begrüßung.

„Meine Arbeit war wohl zu gut“, meinte Magdalene.

„Hi“, sagte Jasmin und versuchte, sich ihre Verblüffung nicht anmerken zu lassen. Das war also Magdalenes Date. Es war nicht Nick. *Warum* war es nicht Nick?

„Hallo“, meldete sich inzwischen auch Lilli, die gerade mit ihrer Kamera aus der Betreuerwohnung zurückkam. „Sie sind nicht Georg.“

Der junge Mann riss seine Augen von Jasmin los und schüttelte den Kopf. „Nein. Im Augenblick würde ich sogar sagen: leider nein.“

Magdalene verpasste ihm einen spielerischen Hieb in die Rippen, lachte aber.

„Das ist Reinhard“, erklärte Annalena gewichtig. „Er ist Magdalenes Freund.“

„Wirklich?“, fragte Laura überrascht und musterte den jungen Mann neugierig.

„Also, ehrlich gesagt –“, setzte Magdalene an.

„Ja, Schatz?“, unterbrach Reinhard sie grinsend.

„Reinhard?“, fragte Jasmin, bei der der Groschen gefallen war. „Reinhard Wolf?“

„Genau“, sagte Reinhard.

„Du bist Magdalenes Chef?“, fragte Lilli verblüfft.

„Sein Sohn!“, rief Annalena und verdrehte die Augen, als hätte Lilli nicht gewusst, wie viel zwei mal zwei ist.

Es klingelte wieder an der Tür. Diesmal stand Laura auf und kam zwei Minuten später mit Georg zurück.

Jasmin lächelte zufrieden. Dieser Reinhard sah ja eigentlich nicht schlecht aus, aber mit der Jeans und dem Pulli kam er einfach nicht gegen Georg in seinem schwarzen Anzug an.

„Ich hatte ja keine Ahnung, dass hier eine Party steigt“, sagte Georg verwirrt.

„Keine Party“, erklärte ihm seine Schwester vom Sofa aus. „Das sind nur Jasmins Mitbewohnerinnen, ihre Betreuerin Lilli und Magdalenes Freund.“

„Er ist nicht –“, setzte Magdalene wieder an.

„Freut mich, Georg“, sagte Reinhard und schüttelte Georg die Hand. Georg starrte Jasmin sprachlos an.

Schließlich machte er nur: „Wow!“

„Hab ich auch schon gesagt“, erklärte Reinhard.

„Stimmt, hat er“, meinte Annalena.

„Danke“, sagte Jasmin.

Georg warf einen Blick in die Runde. „Passt ihr etwa alle auf meine Schwester auf?“

„Nein, nur ich“, antwortete Laura und legte einen Arm um Annalena.

„Sie schminkt mich“, fügte Annalena hinzu. „Magdalene und Reinhard gehen ins Kino, und Lilli trifft sich mit ihrem Freund. Darum braucht sie auch die Lockenwickler.“

„Können wir gehen?“, fragte Jasmin, ehe noch jemand etwas einwerfen konnte.

„Von mir aus gern“, sagte Georg.

„Du wolltest noch ein Foto machen“, erinnerte Annalena Lilli.

„Stimmt ja! Ich hab vorhin extra die Kamera geholt.“

„Wo sollen wir uns hinstellen?“, erkundigte sich Reinhard.

„Sie will ein Foto von Jasmin und Georg machen“, klärte Magdalene ihn auf.

„Oh.“

Langsam wurde es Jasmin zu bunt. Sie ging auf Georg zu, nahm seinen Arm und lächelte Lilli an. Dann grinsten sie sich durch vier Fotos, bis Laura meinte: „Ein Gruppenfoto brauchen wir aber auch noch. Wir haben überhaupt keine Fotos, auf denen wir alle drauf sind.“

Jasmin stöhnte, und Georg warf einen Blick auf seine Armbanduhr. Aber es war schon zu spät. Magdalene und Reinhard bauten sich neben ihnen auf, während Laura Annalena hochhob und vor die beiden stellte. Sie selbst legte einen Arm um Jasmin. Wieder machte Lilli vier Fotos.

„Die könntest du doch eigentlich entwickeln, oder?“, meinte Reinhard zu Magdalene, was ihm einen weiteren Knuff in die Rippen einbrachte.

Schließlich bestand Laura noch darauf, zwei Fotos zu machen, auf denen Lilli auch mit drauf war.

Dann konnten Georg und Jasmin endlich verschwinden. Lilli umarmte Jasmin zum Abschied so herzlich, als würde sie zu einer Nordpolexpedition aufbrechen. Als die Tür hinter ihnen ins Schloss fiel, atmete Jasmin erleichtert auf.

„Tut mir Leid“, murmelte sie. „Der ganze Auflauf da drin war eigentlich nicht geplant.“

„Hey, ein Teil davon ist mein Fleisch und Blut“, sagte Georg. „Du siehst übrigens wunderschön aus.“

„Danke. Du siehst auch sehr gut aus.“

„Ich bin trotzdem froh, dass wir den Rest des Abends für uns haben.“

„Du und ich und dreihundert andere Leute.“

Georg lachte. „Aber die kennen wir wenigstens nicht.“

17. Kapitel

Es gab definitiv Schlimmeres als eine Führerscheinprüfung. Nämlich, auf die Prüfung warten zu müssen. Magdalene saß auf einem Metallstuhl vor dem Prüfungsraum beim TÜV und wartete darauf, aufgerufen zu werden. Sie hatte in den letzten Wochen den ganzen Stoff so oft wiederholt, dass er ihr schon zu den Ohren rauskam.

Trotzdem zitterte sie wie verrückt. Dabei ging es aber nicht so sehr um die theoretische Prüfung. Denn die wurde nicht von einem Prüfer abgenommen, sondern vom Computer. Magdalene hatte einen Tag erwischt, an dem so viele Fahrprüfungen abgenommen wurden, dass nicht genug Computer da waren. Also hatte man die Prüflinge in zwei Gruppen eingeteilt. Magdalene gehörte zur zweiten Gruppe.

Sie wünschte, sie hätte es endlich hinter sich. Sie hatte keinerlei Zweifel, dass sie die theoretische Prüfung bestehen würde. Sie hatte nur panische Angst vor dem Autofahren. Nicht vor dem Autofahren im Allgemeinen, sondern vor dem Autofahren mit einem Fahrlehrer und einem Fahrprüfer.

Reinhard hatte sie in den letzten Tagen ein paarmal mit seinem Wagen auf dem Parkplatz fahren lassen. Er fuhr einen roten Golf, der Magdalene schmerzhaft an Felipe erinnerte. Wie gerne hätte sie ihn als Fahrlehrer gehabt! Doch Felipes schwarzer Golf stand jetzt in Berlin. Und das war wohl doch etwas zu weit entfernt für Fahrstunden.

Dabei hatte sich Magdalene schon bei den Stunden mit Reinhard alles andere als blöd angestellt. Sie hatte den Motor nicht ein einziges Mal abgewürgt. Nur das Einparken zwischen ein paar Steinen, die Reinhard auf den Parkplatz geschleppt hatte, hatte noch nicht geklappt. Wenn einer der Steine ein Auto gewesen wäre, hätte Magdalene wohl ihre Adresse auf der Windschutzscheibe hinterlassen müssen.

Aber Reinhard versicherte ihr, dass der Stein eine Vollkaskoversicherung hatte, außerdem unsympathisch war und es nicht besser verdient hatte.

Magdalene wünschte sich nichts sehnlicher, als ihre Fahrprüfung bei Reinhard ablegen zu dürfen.

Die Tür zum Prüfungsraum wurde geöffnet, und ein Mann rief die nächsten Kandidaten herein.

„Viel Glück", sagte ein pickeliger Junge, der neben ihr gewartet und sich dabei die Nägel bis zum Fleisch abgekaut hatte. Magdalene hielt ihn für höchstens vierzehn und hatte sich schon die ganze Zeit gewundert, was er hier eigentlich machte.

„Gehst du nicht mit rein?", fragte Magdalene überrascht.

„Nö. Ich warte nur auf meinen Bruder. Der hatte eben Prüfung."

„Und warum bist du dann so nervös?"

„Wenn er's nicht schafft, holen mich weiterhin meine Eltern von der Schule ab."

„Oh. Na dann, dir auch viel Glück."

Magdalene ging in den Prüfungsraum, nahm an einem der Computer Platz und hörte sich die Erklärung eines Mannes an, bei der es im Wesentlichen darum ging, wie man den Computer bediente. Dann konnte sie endlich loslegen.

Eigentlich hatte Magdalene eine halbe Stunde Zeit, aber nach zehn Minuten war sie mit allen Fragen durch. Fast überall war sie sich auch sicher, dass die Antworten richtig waren. Sie winkte dem Prüfer zu, um ihm zu zeigen, dass sie fertig war, stand auf und ging wieder nach draußen.

Und wieder musste sie warten. Magdalenes praktische Fahrprüfung fand erst eine Stunde nach der theoretischen statt und das auch nur, wenn sie bestanden hatte.

Also holte sich Magdalene einen Kaffee und ein Sandwich aus einem Automaten und schlenderte dann von einer Wand zur anderen. Sie hatte heute den ganzen Tag frei, nachdem sie Herrn Wolf erzählt hatte, dass sie ihre Fahrprüfung machte. Isa würde für sie einspringen.

Magdalene war vergangenen Donnerstag nach Reinhards Rettungsaktion noch etwas mit Isa trinken gegangen. Dabei war Magdalene eigentlich kaum aufgefallen, dass Isa mehr als zwölf Jahre älter war als sie. Bis auf Magdalenes Kurse in der Schule waren sich ihre Leben erstaunlich ähnlich.

Sie wohnten beide mit Mitbewohnerinnen in Wohnungen in der Stadt, arbeiteten beide zwanzig Stunden pro Woche bei Herrn Wolf, hatten beide keinen festen Freund und fanden beide, dass Reinhard Wolf zu den bestaussehenden Männern in Düsseldorf gehörte.

Als Magdalene Isa erzählte, dass sie sich erst vor einer Stunde von Reinhard verabschiedet hatte, war die allerdings sehr still geworden.

„Was ist los?“, fragte Magdalene. „Bist du eifersüchtig? Ich bin nicht mit ihm zusammen. Wir gehen doch nur ins Kino.“

„Es geht mich nichts an“, war Isa ausgewichen.

„Jetzt sag schon.“

„Es ist nur etwas, was meine Mutter mir mal gesagt hat", hatte Isa widerstrebend erklärt. „Ich sollte mich nicht in deine Angelegenheiten mischen. Aber egal. Sie hat gesagt: ‚Scheiß nicht da, wo du isst.'"

„Sehr feinsinnig. Erklärst du mir mal, was deine Mutter damit meint?"

Isa hatte sich gewunden und erst mal einen Schluck von ihrem Martini genommen. „Es heißt: Er ist der Sohn vom Chef. Wenn du mit ihm zusammen bist, ist ja auch alles fein. Nur, wenn er dich irgendwie befördert, dir bessere Aufgaben gibt oder so, dann wirst du dich immer fragen, ob er das macht, weil du gut bist, oder ob er es macht, weil du die Freundin von seinem Sohn bist." Wieder ein Schluck Martini. „Aber wenn es mit euch nicht klappt, wird es schwierig. Was, wenn ihr euch total zerstreitet und Reinhard seinen Vater bittet, dich zu feuern oder so?"

Magdalene hatte gelacht. „Jetzt hör aber auf! Wir wollen ins Kino gehen, nicht unser Erstgeborenes taufen lassen. Außerdem würde Reinhard das nie tun."

„Okay, das sag ich ja auch nicht. Ich meine nur: Es gibt einen Ort, an dem du deine Brötchen verdienst, und einen Ort, an dem du ... was anderes machst, was Privates. Und wenn du das vermischst, kann das ... scheiße sein."

Magdalene hatte nichts mehr gesagt, sondern darauf gewartet, dass Isa ein anderes Thema anschnitt. Sie wollte es nicht zugeben, aber das Gespräch hatte sie zum Nachdenken gebracht. Außerdem war da immer noch Nick, mit dem Magdalene sich nach der Prüfung treffen wollte, um zu feiern oder sich trösten zu lassen.

Als sie mit Reinhard im Kino gewesen war, waren Magdalenes Einwände gegen ihn als ihren festen Freund auf ein nicht weiter beachtenswertes Nichts zusammengeschrumpft. Trotzdem: Sie wusste mit absoluter Sicherheit, dass sie nicht beides haben konnte. Sie konnte nicht mit Reinhard zusammen sein und Nick als Freund behalten. Doch Nick zu verlieren, passte ihr auch nicht in den Kram.

Aber all diese Gedanken mündeten immer wieder in eine Tatsache. Magdalene sah bei Jasmin und Georg, wie viel Zeit die beiden miteinander verbrachten. Wann sollte sie denn bitte schön Zeit für einen Freund haben? Wenn sie jetzt schon so viel zu lernen hatte, wie würde das dann erst nächstes Jahr werden, wenn das Abitur näher rückte?

Sogar wenn sie dann keine Fahrschule mehr hatte, war ihre Zeit knapp bemessen und – verdammt, die Prüfung!

Magdalene war so in Gedanken gewesen, dass sie fast die Zeit vergessen hätte. Es war so weit. Magdalenes Blase schrumpfte auf Erbsengröße, und sie beeilte sich, nochmal auf die Toilette zu gehen, bevor es losging. Ihre Hände waren feucht, ihre Knie zitterten, ihre Nackenhaare fühlten sich an wie Stecknadeln.

Sie ging nach draußen auf den Parkplatz und sah dort schon den Prüfer in der offenen Tür eines Fahrschulautos lehnen. Ihr Fahrlehrer hatte schon auf dem Beifahrersitz Platz genommen. Magdalene ging auf den Prüfer zu.

„Frau Dorner?“, fragte der Mann.

Sie nickte benommen.

„Die theoretische haben Sie wunderbar bestanden, jetzt geht’s um die Wurst. Sind Sie so weit?“

Sie nickte wieder und stieg auf der Fahrerseite ein.

„Sie brauchen nicht nervös zu sein“, erklärte der Prüfer freundlich. „Mein Name ist Schwarz, und ich ernähre mich nicht von Fahrschülern.“

Magdalene konnte sich vorstellen, dass er dieses Scherzchen schon ein paar hundertmal angebracht hatte, war ihm aber trotzdem dankbar, dass er die Stimmung damit ein wenig auflockerte.

„Dann fahren Sie doch bitte mal vom Parkplatz runter", sagte er, nachdem er sich auf die Rückbank gesetzt und angeschnallt hatte.

Magdalene stellte den Fahrersitz und die Spiegel richtig ein, was Herr Schwarz auch sofort auf einem Clipboard vermerkte. Sein Nicken beruhigte Magdalene.

Dann erst ließ sie den Wagen an, legte den Gang ein, blickte in die Spiegel und fuhr aus der Parklücke und vom Parkplatz.

„Einfach nach links und dann mal geradeaus."

Magdalene wartete, bis kein Auto kam, und fuhr dann auf die Straße. Es lief gut. Ihre Knöchel traten zwar weiß hervor, so stark umklammerte sie das Lenkrad, aber sie hatte wenigstens noch nichts falsch gemacht.

„Bei der nächsten Möglichkeit biegen wir links ab."

Magdalene nickte, setzte den Blinker und bog an der nächsten Ecke ab. Sie wusste natürlich, wo sie hinfuhren: auf die Autobahn, das Haifischbecken für Nichtschwimmer. Sie hasste die Autobahn. Fast so sehr wie LKWs und Fahrradfahrer. Wenigstens gab es keine Fahrradfahrer auf der Autobahn.

Jetzt kam ein Kreisverkehr, den Magdalene ebenfalls problemlos bewältigte. Dann wieder geradeaus.

„Bei der nächsten rechts", verlangte Herr Schwarz.

Magdalene setzte wieder den Blinker und bog ab.

„Was wäre gewesen, wenn dort folgendes Schild gestanden hätte?" Herr Schwarz beschrieb das Schild.

„Dann hätte der andere Vorrang gehabt, und ich hätte warten müssen", sagte Magdalene ohne zu zögern.

„Sehr gut."

Das Spielchen spielten sie noch ein paarmal. Was wäre gewesen, wenn hier Autos geparkt hätten, dort ein Fußgängerübergang gewesen wäre, da ein Bahnübergang, dort eine Brücke, hier ein Unfall, da eine durchgezogene Linie ...

Herr Schwarz gestaltete nach Belieben ganz Düsseldorf um, und Magdalene antwortete ohne Probleme und fuhr im Geiste durch Herrn Schwarz' Fantasiestadt.

Dann ging es ziemlich steil bergauf, und Magdalene wollte den Gang wechseln. Der Wagen starb ab. Sie zog sofort die Handbremse an und schloss kurz die Augen. Das war der schlimmste Fehler, der einem passieren konnte! Die Todsünde bei jeder Fahrprüfung: Sie hatte den Motor abgewürgt. Ihr Fahrlehrer seufzte leise.

„Lassen Sie ihn zurückrollen bis auf die Gerade, und starten Sie wieder", schlug Herr Schwarz vor.

Magdalene setzte schon an, seinem Vorschlag zu folgen, als sie es sich anders überlegte. Das Schwierigste beim Fahren war das Rückwärtseinparken und das Anfahren bei Schräglage. Es gab also noch eine Chance, den Fehler wieder auszugleichen. Sie kuppelte aus, drehte den Zündschlüssel, trat auf die Kupplung, legte den ersten Gang ein, trat gleichzeitig aufs Gas, ging von der Kupplung runter und löste die Handbremse.

Magdalene spürte Schweißperlen an ihrem Haaransatz, während sie innerlich jubelte. Sie hatte es geschafft! Wäre sie allein gewesen, hätte sie ihrem Auto gegen die Flanken geklopft wie einem Pferd. Lucky Magdalene und ihr Jolly Jumper!

„Ausgezeichnet!“, sagte Herr Schwarz beeindruckt. „So geht’s natürlich auch. Wunderbar.“

„Tja, meine Schülerin“, sagte ihr Fahrlehrer mit einem selbstzufriedenen Grinsen.

Magdalenes Meisterstück fand Eingang in die Clipboard-Annalen.

Sie entspannte sich. Die Autobahn konnte kommen. Magdalene Dorner war bereit!

Als sie nach einer Tour durch ganz Düsseldorf schließlich wieder auf den Parkplatz des TÜV fuhr und einparkte, hätte es Magdalene ihrer Ansicht nach jederzeit mit beiden Schumachers auf einmal aufnehmen können.

„Muss ich es noch sagen?“, fragte Herr Schwarz.

„Bitte ja.“

„Sie haben bestanden. Herzlichen Glückwunsch zum Führerschein, Frau Dorner.“

Er schüttelte Magdalene die Hand, und sie stiegen beide aus.

Nachdem sie auch kurz die Glückwünsche von ihrem Fahrlehrer entgegengenommen hatte, fiel Magdalene die Kinnlade runter. Sie rieb sich die Augen.

„Ihr Empfangskomitee?“, fragte Herr Schwarz.

„Offensichtlich“, murmelte Magdalene.

Vor dem Eingang der Fahrschule standen Herr Wolf, Reinhard und Isa mit einem Plakat. Darauf stand in bunten Buchstaben:

HERZLICHEN GLÜCKWUNSCH!

und kleiner darunter:

Jetzt hast du die Lizenz zum Fahren!

Zögernd ging Magdalene auf die drei zu und sah sich dabei nervös nach Nick um. Er war noch nirgends zu sehen.

„Hey“, sagte sie schließlich fröhlich. „Das ist ja eine Überraschung! Wie konntet ihr denn so sicher sein, dass ich es schaffe?“

Wortlos drehten die drei das Plakat um. Auf der Rückseite stand:

MACHT NICHTS!

Mehr Glück beim nächsten Mal!

Magdalene lachte. „Die erste Seite hat schon gestimmt.“

Reinhard trat auf sie zu und umarmte sie herzlich. Danach schüttelte ihr Herr Wolf die Hand, und Isa umarmte sie ebenfalls.

„Was sagen Sie?“, meinte Herr Wolf. „Da ist doch eine kleine Feier angebracht, oder?“ Er grinste in die Runde und strich sich über den Bauch. „Eine wunderbare Gelegenheit, um groß essen zu gehen, hm? Der Fotoladen kann ruhig noch eine Weile auf uns warten.“

In diesem Moment bog Nick um die Ecke, blickte sich suchend um und entdeckte Magdalene.

Einen Augenblick zögerte er, dann kam er auf die Gruppe zu.

„Geschafft?“, fragte er Magdalene und betrachtete das Plakat.

Sie nickte nur. Verdammter Mist! Was sollte sie jetzt tun? Konnte sie sich einfach mit Nick aus dem Staub machen? Konnte sie Herrn Wolf das antun? Er wollte ihr zu Ehren feiern. Und die Gelegenheit nutzen, was essen zu dürfen. Und er war schließlich auch ihr Boss.

Aber sie konnte Nick jetzt nicht einfach hier stehen lassen. Da konnte sie ihm genauso gut ein Messer in den Rücken stechen.

„Das ist Nick“, sagte sie schließlich. „Er hat mich moralisch unterstützt. Nick, das sind Herr Wolf, sein Sohn Reinhard und meine Kollegin Isa."

Hände wurden geschüttelt. Nichts war gelöst. Magdalene konnte nicht mit Nick weggehen und die drei hier stehen lassen. Sie konnte aber auch nicht mit den Wolfs und Isa weggehen und Nick hier stehen lassen.

Und dann traf Herr Wolf die Entscheidung.

„Wunderbar!", verkündete er. „Je mehr, desto besser! Los Kinder, wir gehen jetzt alle feiern. Ich lade euch ein!"

Nick sah Magdalene fragend an, aber sie zuckte nur die Schultern.

Herr Wolf hielt ihr seine Autoschlüssel vor die Nase.

„Der Mercedes da drüben, junge Dame. Ich sage den Weg an."

Damit ging er auf seinen Wagen zu und wartete erst gar nicht, ob Nick seine Einladung annahm oder nicht.

Magdalene folgte ihm belämmert. Als Herr Wolf neben ihr auf dem Beifahrersitz saß und Isa, Reinhard und Nick auf dem Rücksitz Platz genommen hatten, wurde ihr klar, dass dies die einzige Variante war, vor der ihr noch mehr grauste: Sich nicht zwischen Reinhard und Nick entscheiden zu müssen, sondern mit beiden gleichzeitig essen zu gehen.

Sie ließ den Wagen an und warf einen Blick in den Rückspiegel. Reinhard und Nick hatten das Plakat auf dem Schoß. In großen Lettern leuchtete Magdalene entgegen:

MACHT NICHTS!

Mehr Glück beim nächsten Mal!

18. Kapitel

„Weißt du was? Ich geh doch nicht rein", sagte Laura. „Unsinn", gab Lilli zurück. „Natürlich gehst du rein. Ich habe extra um dieses Gespräch mit dem Direktor gebeten. Laura, stell dich nicht so an! Die Sache muss geklärt werden, bevor es noch schlimmer wird."

Laura zappelte auf ihrem Stuhl herum und richtete ihre Augen wieder auf die Tür zum Büro des Direktors.

Verdammter Mist! Wie hatte sie diesem Gespräch nur zustimmen können? Jasmin spielte Ballkönigin, Magdalene machte ihren Führerschein, und Laura Liebhardt kroch vor dem Direktor zu Kreuze.

„Was wollen wir ihm nochmal sagen?", erkundigte sich Laura.

Lilli wandte sich ihr zu und zupfte den Kragen ihrer weißen Bluse zurecht.

„Was wohl? Dass von jetzt an alles anders wird, dass du nicht mehr schwänzen oder Zoff mit Lehrern anfangen wirst, dass du lernen und das Abitur bestehen wirst."

„Also, wir lügen."

„Laura!"

„Schon gut, schon gut! Ich bemüh mich ja. Ich bin nur nervös."

Lilli drückte ihre Hand. „Ich bin ja auch noch da", sagte sie.

Laura schwieg. Dieser Plan gefiel ihr noch immer nicht besonders. Sie fühlte sich, als sollte sie Versprechungen machen, von denen sie noch nicht sicher war, ob sie sie halten konnte. Oder wollte, wenn wir schon beim Thema waren.

„Zappel nicht so rum", sagte Lilli aus dem Mundwinkel. „Du zerknautschst den schönen Rock."

Ja, es stimmte: Lilli hatte Laura tatsächlich überreden können, eine weiße Bluse und einen dunkelblauen Rock anzuziehen. Zum Glück waren Lauras Haare so kurz, dass Lilli ihr keine Zöpfchen hatte flechten können.

„Laura, wir haben doch darüber geredet, oder nicht?", meinte Lilli leise aber eindringlich. „Bei dir hat sich in letzter Zeit viel verändert. Es ist ganz normal, dass dabei eine Weile alles aus dem Ruder läuft. Es kommt jetzt nur darauf an, dass du dich entscheidest, was du willst!"

Laura nickte. Das hatte Lilli ihr schon bei dem Gespräch neulich Abend erzählt. Offenbar war es ihr entgangen, dass Laura dabei keine Entscheidung ausgesprochen hatte.

Laura war einverstanden gewesen, beim Direktor und den Lehrern lieb Kind zu machen, um die Wogen zu glätten. Sie hatte auch versprochen, die Schule nicht mehr zu schwänzen und sich keine ganzen Nächte mehr um die Ohren zu hauen. Aber das war nicht die Entscheidung, von der Lilli gesprochen hatte.

Endlich ging die Tür auf, und der Direktor bat Lilli und Laura in sein Büro. Er bot ihnen Stühle an und setzte sich wieder hinter seinen Schreibtisch. Dann schwiegen sie alle erst mal.

Der Direktor räusperte sich.

„Also, Frau Liebhardt", sagte er dann. „Sie haben um diese Unterredung gebeten. Ich nehme an, Sie wollten etwas näher definieren, was Ihre Frauenbeschwerden in den letzten Wochen bedeutet haben."

Laura schluckte und nickte. „Ich ...“ Sie warf Lilli einen Blick zu. Lilli nickte aufmunternd. „Ich wollte mich entschuldigen. Dafür, dass ich die Schule geschwänzt und Entschuldigungen gefälscht habe“, sagte Laura.

„Aha.“

Laura hielt inne. Was sollte sie denn noch sagen?

„Also, ich bin seit einer Weile in einer Band.“

„Den *Green Apple Biters*“, half der Direktor nach, und Laura starrte ihn verdutzt an.

„Meine Tochter ist ein Fan der *Green Apple Biters*“, sagte er. „Sie ist fünfzehn und hat die Band auf diesem Festival gesehen. Noch keine Platten, wie ich gehört habe?“

Laura schüttelte den Kopf.

„Schön. Weiter.“

„Also, ich hab wohl in letzter Zeit ein bisschen die Perspektive verloren“, erklärte Laura und kam sich unglaublich dämlich vor. „Ich hab viel geprobt und dann die Auftritte ... Da ist nicht viel Zeit für die Schule geblieben.“

„Aber jetzt?“

Sie setzte sich gerade hin. „Jetzt wird sich das ändern“, sagte sie.

„Sie hören mit der Musik auf?“, erkundigte sich der Direktor und bedeutete Lilli, die den Mund aufmachte, Laura ausreden zu lassen.

„Nein“, sagte Laura sofort. „Auf gar keinen Fall. Ich werde nur meine Zeit besser einteilen und die Schule nicht mehr links liegen lassen. Aber die Musik gebe ich nicht auf. Ich werde pünktlich in der Schule erscheinen und lernen und all das, aber ich gebe weiterhin Konzerte und gehe weiter zu den Proben.“ Und wenn dir das nicht passt, kannst du mich mal kreuzweise!, fügte sie im Geiste hinzu.

Der Direktor nickte. „Das wird meine Tochter gerne hören.“ Er bildete mit den Händen einen Spitzbogen und betrachtete ihn eine Weile, ehe er weitersprach. „Frau Liebhardt, ich hoffe, wir verstehen uns richtig. Es liegt mir fern, Ihnen vorzuschreiben, was Sie in Ihrer Freizeit zu tun oder zu lassen haben. Das kann niemand.“ Er blickte Lilli herausfordernd an, aber die nickte nur zustimmend. „Sie sollten nur daran denken, dass Sie freiwillig an dieser Schule sind. Sie sind von einer Realschule hierher gewechselt, weil sie Abitur machen wollten. Wenn Sie das wirklich immer noch vorhaben, tun Sie es. Wenn Sie es nicht wollen, lassen Sie's. Das geht mich nichts an. Aber wenn Sie den Unterricht wieder schwänzen oder stören oder Ihre Prüfungen nicht bestehen, nehme ich Ihnen diese Entscheidung ab. Alles klar?“

Laura nickte.

„Gut, dann sind wir uns ja einig. Wie ich gehört habe, haben Sie heute an Ihren Kursen teilgenommen. Ich gehe davon aus, dass Sie das morgen und am Freitag und nächste Woche ebenfalls tun werden.“

Laura nickte wieder.

„Ausgezeichnet.“ Der Direktor erhob sich, und Laura und Lilli folgten seinem Beispiel. Seine Blicke glitten über Laura und ein Schmunzeln spielte um seinen Mund. „Und das Outfit ist auch nicht unbedingt nötig.“

Er kam um den Tisch herum und schüttelte Lilli die Hand. Als Laura ihm ihre Hand gab, fragte er: „Schon irgendwelche neuen Auftritte in Aussicht?“

„Im Augenblick nicht“, sagte Laura.

„Wäre nett, wenn Sie Bescheid sagen“, meinte er. „Wir könnten auch einen Aushang am schwarzen Brett machen.

Ich will schließlich nicht, dass Sie irgendwann einen Song über Ihren schrecklichen Direktor schreiben."

Laura grinste und folgte Lilli nach draußen. Sie sagten kein Wort, bis sie das Schulgebäude verlassen hatten.

„Ist doch ganz gut gelaufen, oder?", platzte Lilli schließlich erleichtert heraus. „Was für ein Glück, dass seine Tochter ein Fan der *Green Apple Biters* ist."

Laura nickte und stieg in Lillis Wagen.

„Nächste Etappe", sagte sie.

Zehn Minuten später hielt Lillis Wagen vor Silks Haus. Laura hatte gestern sämtliche Bandmitglieder angerufen und eine Probe in Silks Garage vereinbart. Jetzt stieg sie aus und holte eine Schachtel aus dem Kofferraum.

„Bis später!", rief Lilli noch, winkte und fuhr davon.

Laura marschierte mit der Schachtel auf das Gartentor zu und klingelte. Es dauerte eine Weile, bis Silk öffnete.

„Hi", sagte er und warf einen verwunderten Blick auf ihre Klamotten. „Bist du jetzt bei den Pfadfindern?"

„Lässt du mich rein?", fragte Laura.

Silk öffnete das Gartentor für sie und ging dann vor ihr her in die Garage. Hanno, Kernie und Alex warteten dort schon. Als Laura hinter Silk in die Garage kam, verstummte das Gespräch plötzlich. Laura war sicher, dass sie sich über sie unterhalten hatten.

„Hi", sagte Laura kleinlaut.

„Was hast du denn da?", erkundigte sich Hanno und beäugte die Schachtel in Lauras Hand.

„Und was hast du da an?", fügte Kernie hinzu.

Alex sagte gar nichts, und Silk lehnte sich nur an die Garagenwand und zündete sich eine Zigarette an.

Laura wusste nicht, wie sie anfangen sollte. In ihrem Kopf

hatte sich ihr Plan so gut angehört, aber ihre Bandkollegen musterten sie jetzt nicht gerade freundlich. Das lag vermutlich an der Geschichte, die Silk ihnen erzählt hatte.

„Wollten wir nicht proben?“, fragte Alex schließlich.

„Nicht wir, sondern ich“, sagte Laura.

„Du willst allein proben?“, fragte Hanno.

„Stagediving?“, schlug Kernie vor.

„Ich wollte eine Entschuldigung proben“, erklärte Laura. „Ich ... muss mich bei euch entschuldigen. Bei jedem von euch. Dafür, wie ich mich in letzter Zeit benommen habe. Es tut mir Leid.“

„Okay“, meinte Hanno.

„Kein Thema“, pflichtete Kernie ihm bei.

Alex und Silk sagten immer noch nichts. Also fuhr Laura fort.

„Die Sache im *Pink Pitt* war wirklich daneben.“

„Der Auftritt?“, fragte Kernie.

„War doch gut“, meinte Hanno.

Laura drehte sich zu Silk um und blickte ihn überrascht an. Er hob den Blick und schüttelte leicht den Kopf.

Laura kam kurz aus dem Konzept. Sie hätte nicht gedacht, dass Silk die Geschichte der kotzenden Laura für sich behalten hatte.

„Was willst du eigentlich sagen?“, fragte Kernie schließlich ungeduldig.

„Und was hast du in dem Karton?“, erkundigte sich Hanno.

„Du willst uns also signalisieren, dass du wieder zum Bodenpersonal gehörst?“, meinte Silk.

Laura sah ihn an und nickte.

„Gut“, meinte Silk. „Zurück zur Tagesordnung.“

Aber Alex stand immer noch da und strich gedankenverloren über die Tastatur seines Keyboards.

„Moment“, sagte Laura. „Eigentlich wollte ich noch vorschlagen ... dass Alex und ich – wenn er will – wieder ein paar Songs schreiben könnten.“

Alex sah auf – und Laura scharf an. „Im Ernst?“

„Wenn du Lust hast“, meinte sie.

Ein Lächeln breitete sich auf seinem Gesicht aus. „Immer.“

Laura fiel ein Stein vom Herzen.

„Dann ist also alles klar zwischen uns?“

Silk und Alex nickten, aber Hanno räusperte sich.

„Zum letzten Mal, was ist in dem verdammten Karton?“

Laura stellte die Schachtel auf die Werkbank und klappte sie auf. Darin lag ein großer Schokoladenkuchen, den sie zusammen mit Lilli gebacken hatte. Er war mit fünf grünen Äpfeln verziert.

„Hoppla“, sagte Hanno hocherfreut.

„Futter“, jubelte Kernie.

Silk drehte sich um und verließ die Garage, um gleich darauf mit einem Messer zurückzukommen. Laura schnitt für jeden ein großes Stück Kuchen ab. Dann standen sie mitten in der Garage und prosteten einander damit zu.

„Auf die Versöhnung“, sagte Laura.

„Auf die *Green Apple Biters*“, rief Hanno.

„Auf den Erfolg!“, sagte Alex.

Silk pflückte den Marzipanapfel von seinem Kuchen. „Auf das Bodenpersonal“, sagte er, zwinkerte Laura zu und steckte sich den Apfel in den Mund.

19. Kapitel

Jasmin saß auf dem Sofa im Wohnzimmer der WG, hatte eine Decke über ihre Füße gelegt und eine Tasse Tee in der Hand. Neben ihr auf dem Boden lag Amigo und schnarchte.

Jasmin war allein in der WG, aber im Augenblick störte sie das nicht. Es passte ihr sogar ausgesprochen gut.

Draußen schneite es zum ersten Mal, und in der WG schien alles wieder ruhiger zu laufen. Magdalene war bei der Arbeit und Laura bei den Proben mit der Band. Sie wollten aber beide am Abend zu Hause sein.

Zufrieden kuschelte sich Jasmin in die Sofakissen, nahm den Telefonhörer ab und wählte Felipes Nummer.

Es klingelte einmal, zweimal, dreimal. Jasmin wollte gerade enttäuscht auflegen, als Felipe sich meldete. Ihr Herz schlug einen Purzelbaum, und sie musste sich räuspern.

„Hi", sagte sie schließlich. „Hier ist –"

„Jasmin!" Felipe rief ihren Namen so hocherfreut aus, dass sie beinahe gejubelt hätte. „Wie geht's dir? Und wie geht's Magdalene, Laura und Lilli? Was macht Amigo? Wie sieht es in Düsseldorf aus? Was ist Neues passiert?"

Jasmin lachte vergnügt. „Mir geht's gut. Magdalene und Laura inzwischen auch. Amigo schläft. In Düsseldorf schneit es. Lilli ist mit ihrem Postboten unterwegs. Magdalene hat seit gestern ihren Führerschein. Ich war auf einem Ball, und Laura ist nicht von der Schule geflogen. Und wie geht's dir?"

Felipe schwieg einen Augenblick.

„Irre“, sagte er dann. „Das klingt, als wäre ich schon ewig weg.“

„Ach, so besonders war das alles gar nicht.“

„Hm.“

„Hey, ich wette, bei dir gibt’s auch jede Menge Neuigkeiten.“

„Sicher, sicher. Also, Magdalene hat den Führerschein?“

„Ja.“

„Und Laura wäre fast aus der Schule geflogen?“

Jasmin erzählte ihm kurz, was passiert war.

„Auf was für einem Ball warst du?“, fragte Felipe schließlich. „Und mit wem? Seit wann kannst du tanzen?“

Jasmin nahm einen Schluck Tee und berichtete zuerst, wie sie für den Ball präpariert worden war.

„Und dann kommen wir in den Ballsaal“, sagte sie. „Vorher mussten wir unsere Mäntel an der Garderobe abgeben. Und, Felipe, das war wie bei *Pretty Woman*. Überall Kronleuchter mit diesen Kristallsteinen dran. Und ein Orchester! Das glaubst du nicht! Wie in der Oper. Kannst du dich an das Kleid von Laura erinnern? Das, was sie zu Weihnachten letztes Jahr ungefähr fünf Minuten lang anhatte? Es ist ein Traum! Dauernd bin ich von irgendwelchen Typen zum Tanzen aufgefordert worden, aber ich hab nur mit Georg getanzt. Der hat gelernt, nicht allzu laut zu brüllen, wenn ich ihm auf den Fuß steige.“

Felipe lachte.

„Wir haben Sekt getrunken und auf der Terrasse ... Händchen gehalten.“

„Sicher.“

„Ja, und dann ist mir der Absatz abgebrochen. Aber Georgs Vater hatte die Idee, einfach den Absatz vom anderen Schuh auch abzureißen."

„Ein Geniestreich."

„Magdalene war weniger begeistert, weil es ihre Schuhe waren. Laura übrigens auch nicht. Ohne die Absätze war das Kleid nämlich zu lang. Ich hab mit dem Saum den Boden gefegt."

„Irgendjemand muss das ja auch machen."

„Felipe, es war so toll! Ich wünschte, du hättest mich in dem Kleid sehen können. Und mit Magdalenes Frisur und Make-up."

„Ich bin sicher, dass du fantastisch ausgesehen hast", sagte Felipe.

„Warte, warte! Das hab ich ja fast vergessen. Lilli hat Fotos gemacht. Da sind auch Annalena und Magdalene und Reinhard drauf", fiel Jasmin ein.

„Wer ist Reinhard?"

„Der Sohn von Magdalenes Chef. Ich weiß nicht genau, ob die beiden zusammen sind. Eigentlich hab ich gedacht, sie ist mit Nick zusammen oder auf dem besten Weg dahin."

„Nick?"

„Lees Bruder. Magdalene hat diesen Modekatalog mit ihm zusammen gemacht. Er ist nett."

„Ah. Und Anna?"

„Annalena. Sie ist Georgs Schwester. Zehn Jahre alt."

Felipe seufzte. „Du hast keine Ahnung, wie sehr ihr mir alle fehlt", sagte er. „Wenn ich höre, was bei euch los ist. Und ich verpasse das, weil ich hier in Berlin rumhänge."

„Wir hatten nicht den Eindruck, dass wir dir besonders fehlen", sagte Jasmin. „Du hast erst einmal angerufen, seitdem du weg bist."

„Und ihr habt *gar* nicht angerufen“, gab Felipe zurück.

„Also, was gibt’s bei dir Neues? Wie ist der Job?“

„Weißt du, es ist gewöhnungsbedürftig. Was ganz anderes. Man muss eben ... Es ist grauenhaft! Jasmin, du kannst dir nicht vorstellen, wie die Leute hier drauf sind. Ich wollte schon hundert Mal anrufen, aber ich hatte keine Lust, euch voll zu jammern. Berlin ist grauenhaft! Die Leute sind so unhöflich und schroff! Was die dir an den Kopf werfen, das ist unglaublich! Und der Verkehr! Ich bin erst einmal mit dem Auto zur Arbeit gefahren und hatte dabei fast drei Unfälle.“

So ging das noch zehn Minuten weiter. Anscheinend war Berlin für Felipe der Inbegriff alles Grauenhaften, Angsteinflößenden und Verabscheuungswürdigen.

„Und wie geht’s Sophie damit?“, fragte Jasmin schließlich.

„Ihr geht’s wunderbar“, erklärte Felipe bitter. „Sie hat hier aus ihrer Studienzeit noch jede Menge Freunde, die uns dauernd einladen oder zu uns kommen. Dann unterhalten sie sich stundenlang über Sachen, die vor fünfzehn Jahren passiert sind.“

Jasmin grinste. „Sophies Freunde können doch nicht alle so furchtbar sein.“

„Nein“, stimmte Felipe zu. „Einige sind einfach nur langweilig. Am schlimmsten ist dieser Peter. Er ist Sophies Exfreund. Der Kerl hasst mich! Pinkelt mir ans Bein, wo er nur kann! Er ist Arzt und redet über nichts anderes. In all seinen Geschichten ist er der absolute Superheld und rettet jeden Tag fünfzig Leben!“

„Dann sag Sophie doch, dass du ihn nicht mehr sehen willst.“

„Damit sie sich allein mit dem Typen trifft? Ich bin doch nicht verrückt.“

Jasmin setzte sich auf. „Felipe, jetzt reicht’s aber. Egal, was der Spinner sich einbildet: Gegen dich kommt er sowieso nicht an! Du bist Sophies absoluter Traummann. Oder ist sie inzwischen blind und blöd geworden?“

„Hm.“ Felipe klang wieder etwas ruhiger. „Mein Ego wächst langsam wieder auf Normalgröße. Weiter bitte, das tut gut!“

„Ist eure Wohnung denn groß genug?“

„Hey, bloß nicht frech werden.“

„Aber jetzt mal ernsthaft, Felipe“, meinte Jasmin im Brustton der Überzeugung. „Wenn diese Berliner Idioten dich nicht mögen, haben sie einen an der Waffel. Dann pfeif auf die! Du bist doch gerade erst hingezogen. Das wird schon noch, wirst sehen.“

Felipe atmete tief durch. „Mann, tut das gut, mit dir zu reden.“

Jasmin hörte Geräusche im Hintergrund. Es klang nach Türen, die auf- und zugingen.

„Sophie kommt gerade nach Hause“, erklärte Felipe.

„Gut. Ich muss sowieso Schluss machen. Du weißt ja, die Telefonrechnung.“ Sie zögerte. „Grüß Sophie von mir.“

„Von wegen“, sagte Felipe. „Die soll sich an ihre Freunde halten.“

Jasmin lachte. „Okay, dann wünsche ich dir noch einen schönen Abend. Übrigens, du fehlst mir.“

„Du fehlst mir mehr“, sagte Felipe. „Ich ruf dich morgen Abend an, okay?“

„Okay. Tschüss.“

„Tschüss.“

Jasmin legte auf und bückte sich, um Amigo hinter den Ohren zu kraulen. Sie fühlte sich, als wäre ihr eine zentnerschwere Last von den Schultern genommen worden.

„Weißt du, wer das war, Amigo?“, fragte sie laut. „Felipe. Und weißt du noch was? Wir fehlen ihm mehr als er uns. Das ist dann schon eine ganze Menge Fehlen.“

20. Kapitel

Magdalene konnte immer noch nicht glauben, wie glimpflich sie gestern Abend davongekommen war. Dieses Festessen zu ihren Ehren hätte zu einem Leichenschmaus werden können.

Aber Magdalene hatte Glück gehabt, richtig Schwein sogar. Nick war einfach davon ausgegangen, dass Reinhard, der schließlich Fotograf war, mit Magdalene zusammenarbeitete. Und Reinhard hatte angenommen, dass Nick Magdalene irgendwie durch die Fahrprüfung geholfen hatte und nur irgendein Bekannter von ihr war.

Den Rest der Unterhaltung hatte ohnehin fast ausschließlich Herr Wolf bestritten. Er war so erleichtert gewesen, endlich mal nach Lust und Laune futtern zu dürfen, dass er vor guter Laune nur so sprühte.

Danach hatte Reinhard ihnen einen kompletten Vietnam-Reisebericht gegeben, der vor allem Nick total fasziniert hatte.

Magdalene hoffte jetzt nur, dass Nick und Reinhard nicht am Ende noch dicke Freunde wurden.

Sie hatte nämlich für Samstag eine Verabredung mit

Nick. Und für Freitag eine mit Reinhard. Eigentlich war sich Magdalene ja sicher, dass sie keine Zeit für einen Freund hatte. Aber vielleicht hatte sie ja Zeit für zwei?

Fröhlich pfeifend schloss sie die Tür zur WG auf und hörte Lauras und Jasmins Stimmen aus dem Wohnzimmer.

„Na, ihr beiden?", begrüßte sie ihre Mitbewohnerinnen. „Verbringen wir wirklich mal einen ganzen Abend gemeinsam?"

„Sieht ganz so aus", sagte Laura gut gelaunt.

„Ich hab heute mit Felipe telefoniert", sagte Jasmin strahlend.

„Hat er was über mich gesagt?", fragte Magdalene sofort.

„Nein!" Jasmin verdrehte die Augen. „Warum sollte er?" Dann grinste sie. „Natürlich hat er nach euch gefragt. Ich musste genauestens Bericht erstatten. Er sagt, wir fehlen ihm ganz schrecklich."

„Na, das will ich aber auch hoffen", meinte Laura.

„Also, was machen wir heute?", fragte Jasmin in die Runde. „Wollen wir uns Videos ausleihen, Pizza bestellen, kochen, uns mit Schokoriegeln voll stopfen?" Sie hielt inne. „Was grinst du denn so geheimnisvoll, Magdalene?"

„Weil ich etwas weiß, was du noch nicht weißt!"

„Und das wäre?", fragte Laura. „Bist du schwanger?"

„Klappe, Laura", sagte Magdalene. Sie streckte die Hand in ihre Tasche und zog einen Schlüsselbund hervor, mit dem sie klimperte.

„Du ziehst aus?", fragte Jasmin.

„Du hast Handschellen geschenkt bekommen?", riet Laura.

„Knapp daneben. Lilli hat mir ihre Autoschlüssel gegeben."

„Warum quatschen wir dann noch hier rum?“ Laura sprang auf. „Los, los, Beeilung! Denkt mal, wo wir überall hinfahren können! Paris, Rom, London, New York. Die Welt ist voller Möglichkeiten.“

„Zwischen hier und New York liegt ein Ozean“, sagte Jasmin.

Laura zuckte mit den Schultern. „Die Welt ist voller *Un*möglichkeiten. Können wir jetzt fahren? Wenigstens durch Düsseldorf, du alte Miesmacherin?“

Jasmin und Laura zogen sich ihre Schuhe und Jacken an. Magdalene hatte ihre gleich angelassen.

Auf dem Parkplatz fing Laura schon beim Anblick von Lillis Wagen an zu hüpfen und zu klatschen.

„Bisher habe ich in diesen Dingern einfach nur Autos gesehen“, erklärte sie Jasmin, während Magdalene die Tür aufschloss. „Aber jetzt sehe ich *keine* Straßenbahn, *keine* U-Bahn, *keinen* Bus.“

„Steigt ihr endlich ein?“, fragte Magdalene schmunzelnd.

Es folgte ein kurzes Gerangel, wer auf dem Beifahrersitz Platz nehmen durfte. Schließlich überzeugte Laura Jasmin von der Bequemlichkeit der Rückbank und stieg selbst auf der Beifahrerseite ein.

„Also, wohin?“, fragte Magdalene.

„Erst mal geradeaus“, sagte Jasmin von hinten. „Hat Lilli einen Stadtplan?“

Laura fand einen im Handschuhfach und reichte ihn Jasmin nach hinten, während Magdalene den Wagen anließ.

„Wir werden diese Fahrt überleben, oder?“, fragte Laura.

„Wo bleibt dein Sinn für Abenteuer?“, gab Magdalene zurück. „Denk an die Möglichkeiten.“

Dann fuhr sie rückwärts aus der Parklücke. Es war acht

Uhr abends und der Verkehr nicht mehr ganz so furchtbar wie tagsüber.

„Vorne rechts“, sagte Jasmin. „Dann weiter geradeaus bis zur Kreuzung.“

Magdalene grinste. „Lilli hat getankt, aber nicht ganz voll. Sie hat wohl auch an Paris, Rom, London gedacht.“

Laura kurbelte das Fenster runter und winkte ein paar Passanten zu. „Hey, hallo!“, rief sie. „Ziemlich kalt heute! Ist das Schnee? Geht zu Fuß, was? Tja, das muss man wohl ohne FÜHRERSCHEIN!“

Magdalene und Jasmin lachten.

Laura schaltete das Radio ein und probierte einen Sender nach dem anderen durch und hörte erst auf, als *I believe I can fly* ertönte.

Aus voller Kehle sang Laura mit, bis schließlich auch Jasmin und Magdalene einstimmten. Solange sie durch die Innenstadt fuhren, hatten sie das Radio voll aufgedreht und die Fenster weit offen, bis es ihnen zu kalt wurde.

Jasmin sagte weiterhin den Weg an. Und dann war Magdalene auf der Autobahn und fuhr mit Tempo 100 an einem Schild vorbei, auf dem Düsseldorf durchgestrichen war.

„Äh, Jasmin, du weißt schon, dass morgen ein Schultag ist.“ Magdalene schielte in den Rückspiegel und zwinkerte Jasmin zu. „Und zumindest eine von uns kann es sich nicht leisten, morgen zu schwänzen.“

„Hey, ich sitze direkt neben dir!“, rief Laura empört.

„Schrei nicht, wenn Magdalene hundert Sachen draufhat!“, sagte Jasmin. „Du könntest sie erschrecken.“

„Es würde mich weit mehr erschrecken, wenn Laura etwas in normaler Lautstärke sagen würde“, antwortete Magdalene.

„Aber jetzt mal ernsthaft“, meinte Laura. „Wohin fahren wir?“

„Keine Ahnung“, sagte Jasmin. „Ist das wichtig? Ich dachte, wir fahren einfach mal drauflos. Einwände?“

„Kein bisschen“, erwiderte Laura großzügig. „Magdalene? Hast du was gegen zielloses Durch-die-Gegend-Kurven?“

Magdalene grinste. „Spinnst du?“, sagte sie. „Festhalten, Leute! Wollen doch mal sehen, was die Kiste hergibt.“

Hinter *C.B. Lessmann* verbirgt sich ein kreatives Autorenteam, das seit vielen Jahren Kinder- und Jugendbücher schreibt. Wenn die Autoren nicht zwischen Wien und Düsseldorf hin- und herpendeln, sammeln sie auf zahlreichen Lesungen Ideen für neue Bücher. In der WG der *sisters* sind sie inzwischen genauso zu Hause wie ihre drei Hauptfiguren.

Drei Mädels raufen sich zusammen ...

Irgendwie fühlt sich Magdalene wie ein Versuchskaninchen. Man nehme eine Wohnung, stecke drei Teenager hinein und harre der Ereignisse, die da kommen. Und tatsächlich passiert mehr als genug ...

Mitten hinein in zarte Frühlingsgefühle platzt die Nachricht wie eine Bombe, und Laura, Jasmin und Magdalene haben ein ernsthaftes Problem. Es ist groß, blond, siebzehnjährig und heißt Gwendolyn. Denn Gwen soll in die WG einziehen. Das heißt im Klartext, eine andere muss gehen. Aber zur Abwechslung sind sich die drei mal einig: Nicht mit ihnen!

Absolut hirnrissig! Als Betreuer Felipe der WG vorschlägt, an einem Star-Contest teilzunehmen, zeigt Jasmin ihm erst mal einen Vogel. Magdalene und Laura dagegen sind sofort Feuer und Flamme. Doch selbst als Jasmin endlich überredet ist, sind nicht alle Hindernisse aus dem Weg geräumt ...

Schluss mit lustig in der WG!
Jasmin wird aus dem gemeinsamen Zimmer ausquartiert, Magdalene bekommt von Lilli gehörig den Marsch geblasen, und Laura verzweifelt an ihrer Gesangslehrerin. Und dann werden immer wieder diese anonymen Verehrerbriefe unter der Tür durchgeschoben und sorgen für Herzklopfen.
Nur, für wen von ihnen sind die Briefe wohl bestimmt?

Jasmin und Magdalene fallen aus allen Wolken, denn ihr Betreuer Felipe will einfach wegziehen. Mal wieder ist in der WG das totale Chaos angesagt. Laura singt sich ihren Ärger bei den Proben mit der neuen Band von der Seele, Jasmin hat einen charmanten Verehrer, und auch Magdalene gabelt nicht nur einen tollen Job auf ...